하루를 게을리 하는 자는 하루를 실패하는 것이다

삶의 주인공은 바로 당신입니다.
모쪼록 이 책을 읽고 지혜와 깨달음에 한 발 더
다가설 수 있는 주인공이 되시길 기원합니다.

_____ 님에게

하루를 일깨우는
100일 마음공부

1판 1쇄 인쇄 2015년 1월 2일
1판 1쇄 발행 2015년 1월 7일

지은이 박치근
펴낸이 임종관
펴낸곳 미래북
편   집 정광희
본문디자인 서진원
등록 제 302-2003-000326호
주소 서울시 용산구 효창동 5-421호
마케팅 경기도 고양시 덕양구 화정동 965번지 한화 오벨리스크 1901호
전화 02)738-1227(대) | **팩스** 02)738-1228
이메일 miraebook@hotmail.com

ISBN 978-89-92289-67-2   03810

하루를 일깨우는
100일
마음공부

비워내
비로소
보이는것들

지은이 \ 박치근

MIRAE
BOOK

비울 것은 비우고 살아가야 합니다.
그 무엇을 비운다는 건 고통일 수 있습니다.
하지만 비워야 할 것을 제때 비우지 못하면
다시 채울 수 있는 공간은 부족하니까요.
소욕이 과욕을 자초하는 화가 되는 것처럼.

무소유는 소유 너머에 있는
또 하나의 진실이며 진리이다

경제적인 활동을 목적으로 하는 우리 인간은 일상생활에 필요한 물질적인 무엇인가를 소유
하고자 하는 욕망을 하루라도 버리지 못하는 존재다. 그렇듯 어떤 물질에 대한 소유의 개념
은 인간이 만든 것에 지나지 않는다.
만약에 '소유'라는 개념이 단어로만 존재한다는 사실을 알게 되면, 소유욕과 탐욕 그리고 방
어 본능을 버릴 수 있을까? 아마도 개개인의 나름이겠지만 버릴 수 있을 때 버리지 못하는
아집과 집착이 문제가 될 것이다.

우리가 많은 재물을 가지고 있다는 것이 과연 그렇게 중요한 것일까?
아니다. 실제로 우리는 아무것도 소유할 수 없다. 사실 우리는 우리의 육신조차도 영원히 소
유할 수 없는 미물微物에 지나지 않는다. 그저 잠시 빌린 삶이라는 공간 속에서 아등바등 몸
부림치며 그냥 그렇게 살아가고 있을 뿐이다.
우리가 진즉에 깨달아야 했던 유일한 진실 하나는 나이가 들어 쇠락의 기운이 완연하고 급
기야는 병이 들고, 아주 작은 사고 하나로 인해 무너져 가는 육체 속에 감금되어 있다는 것
뿐이다.

소유란 개념의 참뜻은, 버려야 할 것은 기꺼이 버릴 줄 알고, 내려놓을 것은 아무 미련 없이
내려놓을 줄 알고, 비울 것은 스스럼없이 비울 줄 알 때 비로소 그 의미와 가치를 따질 수 있
다는 것이다.

우리는 선택한 삶을 살아가면서 원하는 모든 것을 이루었다면 죽음의 순간이 다가오기 전에 이룬 모든 것을 내려놓아야 한다는 무소유, 그 비움의 미학이 주는 의미를 깨달아야 한다. 어차피 우리의 영과 육은 언젠가는 죽음의 제단에 오르는 하나의 피조물被造物 그 이상 그 이하도 아니기 때문이다.

왜 우리 인간은 소유 너머에 있는 또 하나의 무소유가 곧 소유라는 진리를 찾으려 들지 않는 것일까?

보잘 것 없는 글에 출간이란 이름표를 달아주신 미래북 임종관 대표님께 진심으로 감사드리며 이 책을 읽어주신 독자 분들께도 머리 숙여 고마움을 전하고 싶다.

새해를 맞이하며
박치근

Contents

삶의 가치는 선택의 가벼움과
무거움에 좌우된다 _190

• • •

무소유는
삶의 진솔한
향기이다
Day 1-10

비움의 지혜

뜨거운 가슴에 차가운 미움을 담고 사는 사람은
결코 진실된 사랑을 껴안을 수 없다
비워야 한다
미움을 비울 때 사랑은 제자리를 찾는다

한껏 사랑하기에도 짧은 게 우리네 인생이다
미움을 비우지 못하면
무관심이 우리를 미워하게 된다

마음의 독이 될 수 있는 무관심이
미움보다 더 무겁고 버겁다
비운다는 건
또 다른 관심을 볼 수 있는 지혜다

미움과 무관심으로 방황하는 우리네 삶이
향기롭지 못한 일상을 사는 이유는
비울 때 비우지 못하는 아둔함보다
미련으로 삶의 거울을 보는 편집 때문이다

비울 수 있을 때 비우자
그 시기를 놓치면
부질없는 탐욕만이 활개를 치는 미친 세상이 된다

무소유는
삶의 진솔한 향기이다

무소유란
아무것도 갖지 않는다는 것이 아니다.
궁색한 빈털터리가 되는 것이 아니다.
무소유란 아무것도 갖지 않는 것이 아니라
불필요한 것을 갖지 않는다는 뜻이다.

_법정스님

• • •

무소유는 소유 너머에 있는 또 하나의 진실이며 진리입니다.
우리 인간은 우리의 몸조차도 마음대로 소유할 수 없는
하찮은 미물微物에 지나지 않습니다.
잠시 빌린 몸이라는 방 안에서 아등바등 몸부림치며
그냥 그렇게 살아가고 있을 뿐이니까요.
실제로 우리 인간은 그 아무것도 소유할 수 없습니다.
소유하고 있는 것은 빈 껍질 안의 텅 빈 생각일 뿐이니까요.

남보다 가진 것이 조금 더 많다고 해서
제멋대로 함부로 우쭐대지 않아야 합니다.

남보다 배운 것이 조금 더 많고 조금 더 높다고 해서
적고 낮은 배움을 무시하거나 경시하지 않아야 합니다.
남보다 높은 자리에 있다고 해서 줄곧 위로만
쳐다보지 않아야 합니다.
사람 위에 사람 없고 사람 밑에 사람 없는 법이니까요.

오늘은 얼마나 더 채우고, 더 늘리고, 더 모으려 안달입니까?
오늘은 조금만 비워내고, 조금만 덜어내고,
조금만 나누는 우리 자신이 되었으면 합니다.
진정한 무소유는 비우고, 내려놓고, 나누는 실천이 있어야만
깨달아지는 지혜의 씨앗입니다.

비울 것은 비우고 살아가야 합니다.
그 무엇을 비운다는 건 고통일 수 있습니다.
하지만 비워야 할 것을 제때 비우지 못하면
다시 채울 수 있는 공간은 부족하니까요.
소욕이 과욕을 자초하는 화禍가 되는 것처럼.

기도는 일상의
소중한 용기이다

일체유심조—切有心造

모든 것은 오직 마음에서 만들어내는 것이다.

_화엄경華嚴經

• • •

이 세상에 기도하는 마음보다 아름다운 마음은 없습니다.
하루 한 번의 기도는 하루의 신념을 확인하는
자신과의 소중한 약속입니다.
기도로 시작하는 하루는 그지없이 소중한 일상이 될 테니까요.
기도는 자신에게 충만한 사랑과 행복을 전하는
전령傳令이기도 합니다.
서로의 안녕을 바라는 기도로 사랑을 하면
그 사랑은 더 없는 행복으로 넘쳐나니까요.
기도는 용서를 구원하는 용기입니다.
그 누구를 기도로 용서할 줄 아는 사람은 그 누구보다도
용기 있는 사람이니까요.

기도는 여러 갈래로 흩어져 있는 생각과 마음을

한 점으로 모으는 성스러운 의식儀式입니다.
부정적인 것들을 긍정적으로 받아들이며
나름의 완전한 고요함 속에서 깨달음에 몰입하여
자신의 내면을 들여다보게 하는 긍정의 힘이기 때문입니다.

한 점, 한 곳으로 모인 진솔한 생각과 마음은
부정이 아닌 긍정이니까요.

오늘도 그리고 내일도
기도할 수 있는 참나我를 찾으세요.
온갖 미혹과 미망에 사로잡혀 잠시 방황하고 있는 자신을
원래 있던 자리로 되돌려 놓을 테니까요.

오늘 하루도 어제처럼 경건한 마음 충만하도록 하여 주시고
나를 향한 소홀한 마음 아픔에 들게 하지 마시고
너를 향한 소중한 마음 더없이 무한하도록 하시고…….

진실은 삶의
존재 이유이다

3일

진실의 가장 큰 친구는 시간이고
진실의 가장 큰 적은 편견이고
진실의 영원한 반려자는 겸손이다.

_찰스 칼렙 콜튼

•••

단 한 번이라도 물구나무서기를 해본 적이 있나요?
알게 모르게 미쳐 돌아가는 세상을 원망하지만 말고
가끔 물구나무서기를 해보세요.
때로는 거꾸로 보이는 세상이 우리가 모르고 있는 진실로
가득 차 있음을 느낄 수 있으니까요.
그 진실 속에 너와 나, 우리 모두가 더불어 살아가야 하는
인간으로서의 존재의 이유가 있으니까요.

우리 모두는 하나의 존재이며, 하나의 필연이며,
하나의 우연일 뿐입니다.

신의 축복인 동시에 저주이기도 한 운명이란 화두話頭를

짊어지고 태어나기 때문입니다.
그러나 운명은 때로는 우리의 삶을 간섭하기도 하고
구속하기도 하고 나쁜 순간과 좋은 순간을 강요하기도 합니다.
운명은 이중적인 동시에 이율배반적인 힘이기 때문입니다.

어제에 초연할 수 없는 이유 하나로,
오늘에 공존할 수 없는 이유 둘로,
내일에 편승할 수 없는 이유 셋으로,
인간이라는 존재의 이유로 살아가야 하는 삶이
감히 유감이다.

사랑이란 마술사는
두 사람이 서로
다른 방향으로 걷고 있더라도
항상 나란히 걷고 있는 것처럼
느끼게 해주는 것이다.

✳

휴 퍼레이더

사랑은 끝이 보이지 않는
무한의 의미이다

...

"그대를 진정으로 사랑합니다!"
이 세상에서 제일 가까운 소중한 사람이 있다면
이 한마디를 자주 해주세요.
사랑이란 말은 단 두 글자로 매우 짧고 간결하지만
그 두 글자에 담겨 있는 진실은 이 세상에서
제일 넓고, 제일 깊고, 제일 무겁고, 제일 소중한
그리고 끝 간 데 없는 무한無限의 의미이니까요.

사랑이란 두 글자는 이 세상에 둘도 없는
신비스런 효험이 있는 영약靈藥이며
신통하게 잘 듣는 묘약妙藥입니다.

그 어떤 아픔도, 그 어떤 슬픔도,
그 어떤 두려움도, 그 어떤 미움도,
사랑이란 두 글자 앞에서는 봄눈 녹듯 녹으니까요.

아름다운 사랑의 시작은 작은 씨앗이어야 합니다.
작은 씨앗 하나가 여린 싹이 되고,
여린 싹은 탐스런 열매를 맺고,
탐스런 열매는 화려한 꽃을 피우고,
화려한 꽃은 섣불리 이름 지어 부를 수 없는
마력의 향기를 피우니까요.

사랑은 겉모습이 그다지 중요하지 않습니다.
겉모습이 화려한 사랑은 눈요기의 즐거움일 뿐이니까요.
진실한 사랑은 내면이 아름다워야 합니다.
내면과 내면으로 교감을 이루는 사랑은 더할 나위 없는
기쁨이며 축복이니까요.

사랑은 서로의 빈 가슴 채우려 정情이라 불리는 호수에 함께 멱 감는 아름다운 의식이며 소통
이다.

감사하는 사람의 마음속은
영원한 여름이리라

셀리아 댁스터

이 세상에 하찮은 것은
하나도 없다

사람은 자기가 준 것에 대해서는
하나의 눈을 갖고 있지만
받을 것에 대해서는 일곱 개의 눈을 가지고 있다.

_독일 속담

• • •

무명초無名草를 알고 있나요?
이름도 없는 꽃이라 해서 함부로 냉대하지 마세요.
널리 알려지지 않은 꽃이라 해서 함부로 꺾지 마세요.
세상을 바라보는 눈은 우리와 하나도 다를 바 없으니까요.

우리는 그 누구도 앞으로 있을 슬픔을 예상하거나
기다리고 있지 않습니다.
슬픔을 비관적으로 보지 마세요.
슬픔은 그냥 우연찮게 찾아왔다가 알게 모르게
시나브로 연기처럼 사라지는 불청객 같은 것이니까요.
한시라도 빨리 슬픔에서 벗어나길 바란다면 슬픔의 감정에서
멀리 떨어져 나오세요.

가까이 하면 할수록 더 헤어날 수 없는 것이 슬픔의 속성이니까요.

이 세상에 극복할 수 없는 슬픔은 하나도 없습니다.
극복할 수 없는 슬픔이 있다면
자신의 의지가 약할 뿐입니다.

슬픔은 기쁨의 적이 아니라 친구입니다.
슬픔의 순간을 겪어 본 사람만이 기쁨의 순간이 얼마나
소중한지 아는 법이니까요.

곱디고운 자태로 영롱하게 빛나는 아침 이슬로 세수를 하고
따갑게 내리쬐는 햇볕 수건 삼아 얼굴을 닦으면
세속에 때 묻지 않은 눈빛으로 보는 세상은
그저 아름답게 보인다.

부부는 반쪽과 반쪽의
교집합이다

부부가 진정으로 서로 사랑하고 있으면
칼날 폭 만큼의 침대에서도 잠잘 수 있지만
서로 반목하기 시작하면
10미터나 폭이 넓은 침대로도 너무 좁아진다.

_탈무드

...

오늘은 큰맘 먹고 대문 한편에 문패 하나 달아보세요.
남편 이름 아무개와 아내 이름 아무개가 어깨를 나란히
다정하게 서 있도록 말이죠.
그리고 두 손 꼭 잡고 나란히 서서 가만히 바라보세요.
왠지 모르게 절로 뿌듯해지는 마음과 더불어
평생 기억에 남을 환한 미소가 얼굴 가득 피어날 테니까요.

부부는 서로에 대한 간섭이 아닌 포용의 사이입니다.
부부는 서로에 대한 믿음과 배려를 주고받는 사이입니다.
부부는 한 곳을 바라보며 함께 가는 어깨동무입니다.
부부는 동행이 아닌 동반입니다.

부부는 서로 다른 반쪽과 반쪽이 하나 되어
모자라는 부분을 채워주는 마음의 도반道伴입니다.

부부는 서로에게 베푸는 희생과 헌신의 자화상입니다.
부부는 진실과 순수함의 공통분모입니다.
부부는 이해와 교감이 한데 어우러진 삶의 주인공입니다.
부부는 평생 동고동락同苦同樂하는 반려자伴侶者입니다.

한평생을 함께 해야 하는 부부라는 이름의 동반자라
늘 다정多情의 씨줄 날줄 되어
오늘도 그리고 내일도 외롭지 않습니다.

삶은 자기 자신이
받아들이기 나름이다

당신의 삶이 끝에 다다랐다고 느꼈을 때
한 발자국도 더 나아갈 수 없을 때
그리고 삶의 목표를 상실했을 때
바로 이때가 당신이 모든 것을 새로 시작하고 새 페이지로
넘길 수 있는 좋은 기회임을 알라.

_더글러스 블로흐

• • •

선택한 삶을 기분 내키는 대로 함부로 재단하거나
섣불리 속단하지 마세요.
자신이 선택한 삶이라 해서 마음대로 할 수 있는 삶은
이 세상에 존재하지 않으니까요.
순리順理를 거스르지 않는 삶은 없다고 감히 장담하지 마세요.
우리가 선택한 삶은 주어지는 환경과 상황 속에서
언제 변할지 모르는 천방지축 변덕쟁이이니까요.

삶다운 삶을 살아가기 위해서는
삶이 주는 가치와 의미를 하루에 한 번이라도 되새겨 보세요.

이 세상에 그냥 얼렁뚱땅 취급해도 좋은
호락호락한 삶은 그 어디에도 없으니까요.

삶은 베푼 만큼 되돌려 받게 되는 부메랑 같은 것입니다.
선善을 베풀면 반드시 선으로 돌려받고,
악惡을 저지르면 반드시 악으로 되돌아오니까요.
인간의 삶은 아는 것이 없는 무지無知에서
올바른 생각과 소통으로 무엇인가를 서서히 알아가는
깨달음으로 가는 긴 여정입니다.
삶의 가치관은 자신이 생각하기 나름이고,
받아들이기 나름이고, 도전하기 나름입니다.

삶이란 희로애락 함께 나누며
모나지 않는 평범한 진실로 인생의 덧없음을 달관하려는
무념무상無念無想의 해탈이다.

사랑의 자양분은
뜨거운 심장이다

8일
_____

님자들은
자기보다도 못한 것을 사랑할 수 있습니다.
보잘것없는 것, 더러운 것, 불명예스러운 것,
그런 것까지 사랑할 수 있어요.
하지만 저희들 여자는 사랑하고 있을 때는
그 사람을 존경하는 거예요.
만약 그 존경을 잃어버린다면
그들은 모든 것을 잃어버리고 마는 것입니다.

_오스카 와일드

• • •

지금 누군가를 사랑하고 있습니까?
그럼 벅찬 설렘을 동반한 뜨거운 심장으로 맘껏 사랑하세요.
차가운 심장은 이별을 먼저 생각하니까요.
사랑이란 두 글자를 결코 소홀히 하지 마세요.
사랑의 얼굴로 성큼 다가설 때 두 사람의 심장은
시나브로 뜨거워지니까요.
이별의 얼굴로 서서히 멀어질 때 두 사람의 심장은

시나브로 차가워지니까요.

사랑은 자신의 치수에 맞게
함부로 재거나 무턱대고 자르는 대상이 아닙니다.

사랑은 제 몸에 맞추는 게 아니라
연인의 정신과 영혼에 자신을 맞추는
성스러운 의식儀式입니다.

진실한 사랑은 서로의 무한 책임과 무한 의무가
한데 어우러지는 교집합이어야 합니다.

나의 전부를 열어 놓고
그 누구의 뜨거운 심장 소리 맘껏 듣고 싶다.
그마저도 사치라면 사랑은 맹물로 가는 열정이다.

베풂의 삶은
자아성찰이다

내 것이라고 집착하는 마음이
갖가지 괴로움을 일으키는 근본이 된다.
온갖 것에 대하여 취하려는 생각을 내지 않으면
훗날 마음이 편안하여 마침내 버릴 근심이 없어진다.

_화엄경華嚴經

· · ·

베풀며 살아가는 삶은 구름 한 점 없는 청명한 하늘입니다.
탐하며 살아가는 삶은 먹장구름 자욱한 잿빛 하늘입니다.
베풂과 탐함의 차이는 배려와 집착의 차이입니다.

베풂의 삶을 살아가는 사람은 늘 평안합니다.
탐함의 삶을 살아가는 사람은 늘 근심거리가 생깁니다.
베풂의 삶은 자아성찰의 근간이 되지만,
탐함의 삶은 자아실종의 원인이 됩니다.

집착은 당연히 내려놓아야 할 무엇을 내려놓지 못할 때,
이유 없이 비워야 할 무엇을 비우지 못할 때

생기는 정신적 질환입니다.

오늘 당장 그 무엇을 과감히 내려놓으세요!
그리고 아무 생각 없이 비우세요!
우리가 선택한 삶 자체는 빌려주는 것이 아니라
언젠가는 갚아야 하는 것이니까요.

한세상 살아가는 모습들이 무에 그리 다를 게 있다고,
나 아닌 남으로 다른 얼굴을 하고
아등바등 시기하고 시샘해야 하는지
도대체 알 수가 없다.

초대는 사랑과
관심의 메신저이다

10일

초대를 사양하는 것은 좋은 일이지만
우선 초대를 받을 때까지 기다리는 것도 좋은 일이다.

_윈스턴 처칠

• • •

사랑하는 연인을 초대해 본 적이 있나요?
있다면, 당신은 그 누구를 사랑할 자격이 있는 사람입니다.
왜냐고요?
초대는 당신의 마음속에 살아 있는
사랑의 주인공에게 보내는 관심의 표현이니까요.
사랑은 관심을 먹고사는 생명체입니다.
초대에 인색한 사랑은
메마르고 삭막한 사막을 혼자 걷는 거나 같습니다.

아직 늦지 않습니다.
지금 당장 소중한 그 누군가에게
초대의 문자 메시지를 보내보세요.
평소와 다른 벅찬 설렘이 당신을 우쭐하게 할 테니까요.

그리고 오늘은 자기 자신을 정중히 초대해 보세요.
마음속 깊이 자신의 이름 석 자를 나직이 부르면서 말이죠.
그리고 좋아하는 차 한 잔과 함께 대화를 나눠보세요.
무슨 말이라도 좋으니 그냥 해버리세요.
그러다 자신이 웃으면 그냥 따라 웃고
자신이 울면 그냥 따라 우세요.
그런 다음 힘주어 다독거려 주세요.

- 오늘도 수고 많았지?
- 내일도 잘 부탁해!

현관문을 살며시 열어 둡니다.
왠지 당신이 올 것 같은 예감이 뇌리를 스칩니다.
또각또각 하이힐 소리가 들립니다.
웬걸, 당신일 거라는 느낌이 드는 설렘의 순간입니다.

생명이란
살아 있는
그 자체로
존엄이다

Day 11-20

무명초 無名草

누구 하나 따스한 손길 내밀지 않아도
억겁의 시간 동안
홀로서기 하나로 살아온 너를

바람 이불 삼아 하늘 지붕 삼아 대지 베개 삼아
새벽이슬 생명수 삼는 너를

흔하디흔한 이름 석 자 없어 흔적이 없어도
오직 한 사람 사랑 갈구하는
외로운 가슴앓이로
영원을 이야기하고 싶어 하는 너를

비록 메마르고 차가운 황무지라 해도
숨 쉴 수 있는 공간을 준
그 누구에게 감사하며 부질없는 하소연
긴 메아리로 돌아오는 줄 알면서도
두 손 모아 안식의 기도 게을러하지 않는 너를

오늘도 누군가를 마냥 한없이 기다리며
그 무언으로도 채운 적이 없는
빈 가슴 하나를 고집스럽게 사랑하는 너를

우리는 무명초라 부른다

행복은 자신 스스로가
만들어가는 것이다

11일

근본적으로 행복과 불행은
그 크기가 정해져 있는 것은 아니다.
다만 그것을 받아들이는 사람의 마음에 따라서
작은 것도 커지고 큰 것도 작아질 수 있는 것이다.
가장 현명한 사람은 큰 불행도 작게 처리해버린다.
어리석은 사람은 조그마한 불행을 현미경으로 확대해서
스스로 큰 고민에 빠진다.

_라 로슈프코

• • •

행복이 무엇이라고 생각하세요?
사랑, 가족, 기쁨, 만족, 평화라고 말하고 싶으세요?
행복이 어디 있다고 생각하세요?
자기 마음속에 있다고 말하고 싶으세요?
늘 행복하다고 말하고 싶으세요?
오늘은 어제만큼만
내일도 오늘만큼만 행복했으면 좋겠다고요?
그래요!

행복이란 남이 주는 것이 아니라 자신 스스로가
만들어가는 것이니까요.

행복을 가져다주는 손은 공평합니다.
나눠주고 싶을 때 홀연히 나타나
주고 싶은 만큼만 주고 소리 없이 사라지니까요,
행복은 아무나에게 함부로 약속을 하지 않습니다.
정녕 행복해지고 싶으냐고 묻지도 않습니다.
행복은 어느 날 갑자기 나타나 천천히 아주 천천히
손을 내밀어주니까요.

하루를 벗 삼아 반복되는 우리들 일상은
먼 길 떠나는 나그네처럼 때로는 지치고 때로는 낯설지만
새롭게 얻어지는 무한의 가치가 있기에
오늘도 하루를 부대껴야 하는 우리는 일상이 주는 향기 나는
소중한 의미 하나에 작은 행복을 느낍니다.

Alexander Gode

아름다운 추억은 매우 귀중하다.
불미스러운 추억은 백해무익하다.
우리 마음속에 있는 불미스러운 추억은
사무실에 방치되어 있는
쓰레기와 같은 것이다.

✢

알렉산더 고데

추억은 과거와 미래를
이어주는 가교다

. . .

추억의 페이지를 얼마나 가지고 있나요?
있다면, 찢어버릴 것과 남겨둘 것을 따로따로 구분하지 마세요.
자신만이 소중히 간직할 수 있는 과거의 전설이니까요.
전설은 있는 그대로 전설로 남겨두세요.
그렇다고 추억에 너무 연연하지도 마세요.
흘러간 과거는 그냥 과거일 뿐이니까요.

틈틈이 추억의 문을 노크하세요.
과거의 자신을 볼 수 있을 테니까요.
그리고 문을 열고 안으로 들어가세요.
현재의 자신이 보일 테니까요.
다시 문을 닫고 나오세요.
미래의 자신이 반길 테니까요.

추억은 과거 현재 미래의 시공간을 넘나드는
타임머신입니다.

슬픈 얼굴을 하고 슬픈 이야기를 들으며 슬프게 눈물 흘리며 슬프게 떠나보낸 추억의 한 자락
은 그리움의 잔상 되어 희뿌연 달무리에 걸린다.

성숙이란 어릴 때 놀이에 열중하던 진지함을
다시 발견하는 데 있다

프리드리히 니체

구애는 사랑을 위한
간절한 소망이다

오랫동안 구애에 의해 선행된 결혼은
대체로 사랑과 사랑의 변치 않는 마음으로 차 있는 것이다.
애정만큼은 결혼이란 이음새로 묶이기 이전에
충분히 뿌리를 내리고 힘을 갖추고 있어야 한다.

_조셉 에디슨

• • •

구애는 구걸이 되어서는 안 됩니다.
구걸은 동정을 부르는 대상이 될 수 있지만
구애는 연민을 부르는 대상이니까요.
구애와 구걸을 혼동하지 마세요.
구애는 최고의 사랑을 사고 싶은 순수한 마음이지만
구걸은 최소한의 자존심조차 팔아넘기는 덤핑 행위이니까요.

구애는 순수한 감정의 표현이어야 합니다.
조건부 구애는 진정한 구애가 아닙니다.
무릇 욕망이 개입된 구애로 그 누구를 저울질하지 마세요.
그 저울질은 자신의 욕망을 시험하는 셈이니까요.

진정한 구애는 저울에 달 수 없는,
결코 달아서도 안 되는
무소유와 무욕의 참 얼굴이어야 합니다.

제 욕심만을 채우려는 사사로운 구애는
사랑을 흥정의 대상으로 아는 장사치의 속된 근성이니까요.

담담한 표정 위로 실루엣처럼 번지는
해맑은 미소 얼굴 가득 지으며 나를 향해 성큼 두 손 내미는
속된 가장假裝과 허세, 사치스런 겉치레 벗어던지고
소박한 꿈 함께 하고 싶다.
그 누구를 그리워하고 사랑할 수밖에 없는 원죄가
가당찮은 모순이라 해도.

사랑과 미움은
불가분의 관계다

우리가 미워하는 사람에게 못된 짓을 하는 것은
마치 우리들 마음속의 그에게 가지고 있는 증오에
기름을 붓는 것과 마찬가지다.
반대로 원수를 너그럽게 대하게 되면
우리들 마음속에 응어리져 있는 증오를
깨끗이 씻어내는 결과가 된다.

_에릭 호퍼

• • •

누군가 이렇게 말하더군요.
사랑은 미움을 통해 성숙하고
미움은 사랑을 통해 깨달음을 얻는다고 말이죠.
그럴지도 모릅니다.
사랑이 없이는 미움도 없을 테고
미움이 없이는 사랑도 없을 테니까요.

오늘은 누구를 사랑하고 싶나요?
오늘은 누구를 미워하고 싶나요?

그냥 사랑도 하고 미워도 하세요.
다만, 사랑을 하면서 미워하지는 마세요.
미워하면서 사랑하지도 마세요.
사랑과 미움은 서로 마주 볼 수는 없지만
떨어져 있을 수도 없는 관계이니까요.
우리의 손등과 손바닥처럼 말이죠.

사랑으로 살아갈 수 있을 때,
용서할 수 있는 이해도 있음을 알 수 있다.
미움으로 죽을 수 있을 때,
이해할 수 없는 용서도 있음을 알 수 있다.

생명이란 살아 있는
그 자체로 존엄이다

어떤 종교이든 생명을 존중하지 않는 종교는
진정한 종교가 아니다.
사람은 모든 살아 있는 생명체로
연민의 정을 확대하기 전에는
결코 평화를 찾을 수 없다.
모든 생물에 대한 연민의 정을 가지는 인류애가
우리를 진정한 인간이 되게 하기 때문이다.

_알버트 슈바이처

· · ·

한 떨기 야생화를 함부로 꺾거나 아무 생각 없이 밟지 마세요.
가만히 들여다보는 것으로도 그지없이 아름다운 생명이니까요.
야생화를 천하고 천한 꽃이라 부르지 마세요.
부처님의 가피加被를 몸소 실천하는 귀한 몸이니까요.
야생화를 외로운 꽃으로 이름 지어 부르지 마세요.
산과 바람, 하늘과 구름, 바위와 산새, 비와 이슬을
벗 삼을 줄 아는 마당발이니까요.

야트막한 산등성 한편에 홀로 피어 있는
야생화를 본 적이 있나요?
있다면, 당신은 산을 좋아하는 사람입니다.
산을 좋아하는 사람치고 악인은 드물다더군요.
자기수양의 멋을 아는 야생화를 닮았으니까요.

내일이라도 야생화를 만나고 싶으면 혼자 산을 오르세요.
외로이 피어 있는 야생화를 보거든 이렇게 말해보세요.
홀로서기로 배우는 외로움이
때로는 더불어 사는 아름다움을 아는 지혜라고 말이죠.

야생화는 오늘도 변함없이
코끝을 간질이는 소슬바람이 전하는 가을 노랫소리에
홀씨 되어 나들이 가기가 왠지 두렵다고 말하려 합니다.

우정은 신뢰와
언행일치가 교본이다

참된 우정은 앞과 뒤가 같다.
앞은 장미로 보이고, 뒤는 가시로 보이는 것이 아니다.
그러므로 참다운 우정은
삶의 마지막 날까지 변하지 않는다.

_류카이르

...

『명심보감』〈교우편交友篇〉에 이런 말이 있더군요.

- 서로 얼굴을 아는 사람은 이 세상에 많이 있으되
마음을 아는 사람은 몇이나 되겠는고.
- 열매를 맺지 않는 꽃은 심지 말고 의리 없는 친구는
사귀지 말지니라.
- 서로 술이나 음식을 함께 할 때에는 형이니 동생이니 하는
친구가 많으나, 급하고 어려운 일을 당했을 때에 도와줄 친구는
하나도 없느니라.

진정한 친구끼리는 금전적 거래를 하지 않습니다.

정신적인 거래를 할 수 있는 친구를 사귀십시오.
물질로 선심을 베푸는 친구는 경계하십시오.
물질에 예속된 친구는 우정이 돈으로 보이니까요.

음식을 가려 먹듯 친구도 가려 사귀십시오.
무작위로 사귄 친구는 진정성을 알 수 없으니까요.

이 미쳐 날뛰는 세상에
둘도 없는 친구라 부를 수 있는 자네를 만나
미주알고주알 톡 까놓고 얘기하며 살아가는 삶이
정녕 산 삶이 아닐까.

동반은 순간의 쉼표가 아닌
영원의 마침표이다

수마일의 거리가
당신과 친구를 떼어 놓을 수도 있다.
하지만 사랑하는 누군가와 정말 함께 하고 싶다면
이미 거기 가 있지 않겠는가?

_리처드 바크

• • •

지금 동반자를 외롭게 하지는 않는지요?
외로움은 동반자를 슬프게 하는 이유가 됩니다.
지금 동반자를 무관심으로 대하고 있지는 않는지요?
무관심은 사랑의 끌어당김의 감정을 외면하는
파괴 심리이며 감정 폭력입니다.

오늘 퇴근길에 빨간 장미 한 송이와 함께
동반자와 조촐한 외식의 시간을 가지세요.
동반자의 외로움과 자신의 무관심을
일시에 해결할 수 있는 절호의 기회가 될 테니까요.

동반과 동행의 차이를 알고 있나요?
동반은 하나 더하기 하나이며 동행은 하나 더하기 다수입니다.
누군가 그러더군요.
남자는 동행을 갈망하는 심리의 소유자이지만,
여자는 동반을 희망하는 감정의 소유자라고 말이죠.
누군가 그러더군요.
동행이 사랑의 감정을 느끼면 동반이 될 수 있고,
동반이 미움의 감정을 느끼면 동행이 될 수 있다고 말이죠.

당신이 겨울을 마중하는 가을 낙엽이라면
나는 가을 낙엽의 전설을 얘기하는 추억의 책갈피입니다.
당신이 골목길을 밝히는 가로등이라면
나는 그 빛 속에 살아 있는 그림자입니다.
당신이 내일을 기다리는 순간이라면
나는 그 순간을 여미는 영원입니다.

마음병은
백약이 무효이다

마음은 비어 있지 않으면 안 되는데,
비어 있으면 정의와 진리가 와서 살고,
또한 마음은 항상 채워 들어야 하는데 꽉 차 있으면
물욕物慾이 들어오지 못한다.

_채근담菜根譚

• • •

오늘은 비어 있는 마음을 잠시 가져보세요.
아집과 집착에서 멀어져 있는 자신을 볼 수 있을 테니까요.
가지려 안달하는 욕심을 잠시 내려놓아 보세요.
저만치 돌아앉아 있는 무소유의 진리를 깨닫게 될 테니까요.
아무 생각도 들어있지 않는 머릿속을 잠시 들여다보세요.
타성에 길들여져 있는 자아를 도로 찾을 수 있을 테니까요.
하고 싶은 말이 있어도 잠시 멈추어 보세요.
입과 혀는 화禍와 근심을 부르는 재앙임을 알게 될 테니까요.

인생을 살아오면서 비우지 못하고 내려놓지 못한
삶의 채무가 얼마나 있는지요?

양 어깨를 짓누를 만큼 많나요?
너무 무거워 내려놓고 싶어도 내려놓을 수 없다고요?

그러면 그냥 그대로 짊어지고 계세요.
내려놓고 싶어도 내려놓을 수 없는 것이 삶의 채무이니까요.

왜냐고요?
누구나 다 그만큼의 채무는 있기 마련이니까요.
인간이란 가죽의 옷을 입고 태어나 선택한 삶의 무게가
살아가면서 갚아야 하는 채무이니까요.

그저 밑지지 않을 정도의 운명을 타고난 너와 나,
우리라는 존재는 참인간으로 살려는 의지마저 여의치 않아
오늘이란 단두대에 목매달고 바동거리기를 수차례 반복하고
반복하다 끝내는 거역할 수 없는 타성의 덫에 걸린 채
억울하기 짝이 없는 하나쯤의 제물로 올려진다.

미소는 자신에 대한
투자이며 자산이다

미소는 주는 사람을 가난하게 하지 않으면서도
받는 사람을 넉넉하게 해준다.
그것은 아주 짧은 순간에 일어나지만
그 기억이 때론 영원할 수 있다.
미소는 가정에서 행복을 만들고,
비즈니스에는 호의를 키우고 우호적임을 확인시킨다.

_겐 블룸

● ● ●

우리는 늘 환한 미소를 잃지 않아야 합니다.
환한 미소는 자신은 물론이고
그 누군가에 대한 기쁜 마음의 표현이며 감사함의 표시이니까요.
늘 환한 미소로 만남을 자축하는 연인은
잠시 떨어져 있어도 외로움을 모릅니다.
눈부신 미소로 서로를 바라보는 얼굴은
소중한 마음을 전하는 감성의 메시지이니까요.

늘 환하게 웃는 얼굴로 사람을 만나세요.

그 웃음은 그 사람의 신용이며 보증수표이니까요.
늘 거울을 보며 환하게 웃는 얼굴을 연습하세요.
웃는 얼굴로 세상을 보는 사람은 속됨을 모르는 사람이니까요.
늘 환하게 웃는 얼굴로 인사를 하세요.
모든 번뇌 망상을 버리고 바른 도리를 깨닫는 사람이 되니까요.

오늘부터 하루에 아침, 점심, 저녁 세 번
환하게 웃는 얼굴을 지어보세요.
복福된 하루를 짓는 지혜를 얻게 될 테니까요.

극한의 인내도 한없이 부족한 고통의 결정체,
그 자유롭지 못한 낯선 의지 뒤흔들며
부챗살이 사위四圍를 가르듯 나의 초라한 영혼 감싸 안는
반딧불이를 닮은 그녀의 눈부신 미소는
재스민 향기를 좋아하는 그녀만의 언어입니다.

인생에 있어서 잘못 알고 있는 것 중의 하나는
현재가 결정적으로 중요한 시기가
아니라고 여기는 것이다.
매일매일이 그 해 최고의 날이라는 것을
마음속 깊숙이 새겨라.
돈만 많다고 잘 사는 게 아니라,
바로 그날을 충실하게 즐기는 사람이
잘 사는 사람이다.

❦

랄프 왈도 에머슨

인생은 때로 극적인
반전을 예고한다

• • •

혹여 지금 이 순간 인생을 비관하고 있지는 않나요?
이 세상에 부질없는 인생을 살아가는 사람은 아무도 없습니다.
지금 이 순간 인생이 덧없다고 생각하나요?
이 세상에 무심한 인생을 살고 싶어 하는 사람은 아무도 없습니다.
지금 이 순간 인생이 가혹한 형벌이라고 생각하나요?
이 세상에 절망과 실의를 담보로 살아가는 사람은 아무도 없습니다.
왜냐고요?
인생은 처음부터 공수래공수거空手來空手去이니까요

"인생 백 년에 고락苦樂이 상반相半이라"는 속담이 있습니다.
이 속담은 우리가 선택한 삶을 살아가는 동안 겪게 되는
온갖 괴로움과 즐거움은 공평하게 반반씩이라는 뜻입니다.
우리는 괴로움을 당하는 순간에도 즐거움에 대한
희망을 버리지 않아야 합니다.
우리 인간은 인생이란 거창한 화두話頭에서 벗어날 수 없는
유한의 존재이니까요.

단 하루를 살다가더라도 밑지는 인생을
살다간다는 생각은 추호도 하지 마세요.

오르막길이 있으면 내리막길도 있기 마련인 것이
세상사 이치이며 진리이니까요.

인생이란 거창한 화두話頭가 주관하는 그 난해하고 복잡한 공식에 길들어진 채 초라하기 이를 데
없는 이름 석 자를 담보로 희망과 절망이 공존하며 살아 꿈틀거리는 회색 도시의 늪, 그 요지
경 단지를 속속들이 들여다보며 살아갈 수밖에 없는 존재의 이유가 우리네 인생입니다.

인생이란 누구나 한 번쯤 시도해 볼 만한 것이다

헨리 J. 틸만

황혼은
삶의 분별력과
Day 21-30 지혜의
곳간이다

영혼으로 쓰는 시 詩

긴 망설임 끝에 낙엽 한 장 곱게 펴
가을 하늘 가장자리 깊숙이
아직은 고단에 힘들어 하는 몸짓으로
지친 영혼의 시 쓰고 싶다

이제는 흘러간 아쉬움조차 섣불러 돌이킬 수 없는
지천명 의 나이라
       知天命
그냥 그렇게 잊을 건 잊고 살아야 하는데
그림자 진 넘두러 할개를 치는
허한의 골목길
난해한 추상화처럼 생경스럽기만 하다

길어가는 가을 문지방 저 너머
스러지듯 길게 다리를 뻗는
지친 영혼의 시는
밤송이 알알이 영그는 가을 잔치에
초대받지 못한 이방인 모습 닮아간다

칭찬은 자신에게 주는
감사장이다

칭찬은 금이나 다이아몬드 같이
희귀성에 그 가치가 있다.
흔하고 저속한 칭찬은 그의 가치를 하락시키며
더 이상 칭찬을 기대하지 않게 할 뿐 아니라
칭찬을 받아도 고맙게 생각하지 않는다

_사무엘 존슨

• • •

오늘은 자신에게 찬사를 보내세요.
수고의 감사장을 주면서 말이죠.
그리고 내일은 자신을 칭송해 보세요.
감사의 훈장을 달아주면서 말이죠.
그리고 환하게 웃으며 어깨를 한번 우쭐해 보세요.
아직 남아 있는 삶의 무대 위에 당당하게
그리고 자랑스럽게 설 수 있는 마지막 주인공이 될 테니까요.

자신에 대한 편견偏見을 버리십시오.
자신을 함부로 폄하貶下하지 마세요.

자신을 섣불리 부정하지 마세요.
이 세상에 제 자식이 못났다고 생각하는 부모는 없듯
자신을 미워하고, 오해하고, 단죄하고,
무관심한 사람은 없으니까요.
하루에 한 번 〈나는 나일 뿐이다〉라는 말을 되새김하세요!
왜냐고요?

이 세상에 자신의 삶을 대신 살아주는 삶은
그 어디에도 없으니까요.

시퍼렇게 멍든 가슴 살갑게 때리는 덧없는 세월 헤아리며
지금껏 살아온 일상의 의미를 일깨우는 삶을 지키려 합니다.
이제는 붉게 타오르는 석양 닮아가는 황혼의 시詩를 쓰며
결국에는 도래到來되고 말 생生의 마지막 바퀴 굴리며
오늘을 서러워하지 않을 나를 찬미하는 노래 부르고 싶다.

황혼은 삶의 마지막
아름다운 특권이다

22일

늙은이란
절망의 이유가 아니라 희망의 근거이며
천천히 쇠락하는 것이 아니라
점진적으로 성숙하는 것이며
견디어 낼 운명이 아니라 기꺼이 받아들일 기회다.

_헨리 나우웬

• • •

서녘 하늘에 붉게 드리워진 노을을 본 적이 있나요?
인생의 황혼이 노을을 닮았다는 생각을 한 적이 있나요?
노을은 태양의 스러짐의 마지막 축제이듯이
황혼 역시 인생의 마지막 무대입니다.
노을은 아름답습니다.
인생의 황혼 역시 아름답습니다.
왜냐고요?
희로애락喜怒哀樂의 세상사를 거스르지 않고 살아왔으니까요.

황혼의 나이를 두려워해 본 적이 있나요?

두려워하지 마세요.
나이는 한낱 숫자에 지나지 않을 뿐이지
두려움의 대상은 결코 아니니까요.
황혼의 얼굴을 보기 싫어하신 적이 있나요?
외면하지 마세요.

나이테가 많은 나무일수록 효용 가치가 있으니까요.

황혼의 손 주름을 보면 한숨이 나오나요?
그러지 마세요.
맛깔 나는 된장국이 제 맛을 내는 비결은
묵은 된장에 있으니까요.

황혼의 나이에 세상을 보면 이상理想으로 삼았던 미래의 꿈은
안경에 서리는 희미한 잔상처럼 온통 희끄무레한 잿빛 구름이다.
황혼의 나이에 사람을 보면 굴절된 얼굴로 다가오는 온갖 생각도
한낱 소용없는 겉치레 지식처럼 빈 깡통 굴러가는 잡스런 소리로 들린다.

Baltasar Gracián

사랑했던 시절의 따스한 추억과
뜨거운 그리움은
신비한 사랑의 힘에 의해
언제까지나 사라지지 않고 남아 있게 한다.

✻

발타자르 그라시안

그리움은 아름다운 기억을
그리는 캔버스다

...

그 누군가를 그리워해 본 적이 있나요?
그리움의 대상이 있다면 많이 그리워하세요.
그리고 그리움의 끈을 스스로 놓지 마세요.
놓아버리는 순간,
사랑이 미움 되고 미움은 증오가 될 수 있으니까요.
그리움을 많이 그리워하세요.
누군가에게 향한 사랑을 다짐하는 방편方便이니까요.

지금 누군가를 곁에 두고 싶어 애타는 마음이라면
이미 당신은 주체할 수 없는 그리움의 노예입니다.
정도가 지나침은 미치지 못한 것과 같다고 했습니다.
지나친 집착이 끌어당기는 그리움은
자칫 스토커로 오해받기 쉬운 법입니다.
많이 그리워는 하되 노골적으로 드러내지는 마세요.

그리움도 때로는 나름의 절제와 통제가
필요한 법이니까요.

다시는 건널 수 없는 그리움의 다리라 해도
다시는 기억하고 싶지 않은 목마름이라 해도
떨쳐버릴 수 없는 회한悔恨에 사무쳐 눈물짓는 방황보다는
안개비에 젖어 희미해진 그리움의 영상 그리고 싶다.

만약 사랑에도 유통기한이 있다면
나의 사랑은 만년으로 하고 싶다

영화 〈중경삼림〉

황혼은 삶의 분별력과
지혜의 곳간이다

나이를 먹을수록
세상을 바라보는 분별력과
삶에 대한 애착이 깊어지는 것이다.

_발타자르 그라시안

• • •

그 누구에게나 황혼의 그림자는 따르기 마련입니다.
굳이 지우려고 애쓰지 마세요.
지우려 하면 할수록 옅어지는 게 아니라 더욱 짙어지니까요.
그냥 담담하게 있는 그대로 생긴 그대로 받아들이세요.
남아 있는 삶의 분신인 것처럼 말이죠.

오늘 퇴근길에 그 그림자 닭발 안주 삼아
투명한 소주 한 잔 즐기는 기분으로 마주하세요.
아직은 포기할 시간이 아니니까요.
아직은 살아가야 할 명분이 많이 남아 있으니까요.

황혼의 삶을 비관의 대상으로 찜하지 마세요.

비관은 자신에게 지는 패배나 다름없으니까요.
황혼은 남은 삶을 살아가는 데 필요한 분별력과
지혜의 곳간이라고 생각하세요.

황혼의 나이에 세상을 보면
더 가질 것도 없는
더 줄 것도 없는
더 비울 것도 없는
더 내려놓을 것도 없는
더 지울 것도 없는 공空임을 알게 되니까요.

지금이라는 오늘에 이르러 새로이 눈을 뜨는 우매함보다는
더 이상 잃을 것도 없는 더 이상 버릴 것도 없는
더 이상 내려놓을 것도 없는 더 이상 지울 것도 없는
무상무념無想無念의 지혜로움으로
닳고 닳은 그림자 한 모서리 몰래 몰래 채우고 싶다.

성급한 변화는
분별력을 흐리게 한다

변화에서 가장 힘든 것은
새로운 것을 생각해내는 것이 아니라
이전에 가지고 있던 틀에서 벗어나는 것이다.

_존 메이너드 케인즈

•••

늘 해온 것처럼만 살아가세요.
섣부른 변화는 실패를 부르는 요인이 될 수 있으니까요.
급격한 변화는 큰 실수를 유발하는 원인이 될 수 있으니까요.
늘 생각한 것처럼만 살아가세요.
엉뚱한 생각은 착각을 부르니까요.
진정성이 없는 생각은 오해를 불러일으키니까요.
늘 사랑한 것만큼만 사랑하세요.
지나친 집착은 이별을 부르니까요.
과도한 애정공세는 상대를 피곤하게 하니까요.

때로는 순진한 바보가 되세요.
어리석은 천재보다 현명한 바보가

때로는 행복일 수 있으니까요.
때로는 단순해지세요.
복잡한 것일수록 의외로 단순한 법이니까요.
때로는 미친 척하세요.
비정상이 때로는 정상으로 보이는 법이니까요.
때로는 그냥 모른 척하세요.
모른 척한다고 해서 허물이 되지 않으니까요.

변화는 생각이 행동으로 옮겨가는 과정이다.
그 과정을 통해 우리는 갈등하고 방황한다.
올바른 변화는 자아실현이지만
정당하지 못한 변화는 자기기만이다.

깨달음은 번뇌와
망상을 죽이는 백신이다

속세를 벗어나는 길은
곧 세상을 건너는 가운데 있나니,
반드시 사람들을 끊고
세상에서 도망쳐야 하는 것은 아니다.
마음을 깨닫는 공부는
곧 마음을 다하는 속에 있나니,
반드시 욕심을 끊어
마음을 식은 재처럼 해야 하는 것은 아니다.

_채근담菜根譚

• • •

산사山寺에서 울리는 목어소리를 들어본 적이 있나요?
그 소리는 사바세계의 온갖 번뇌와 망상을 씻겨주는 소리입니다.
그 청아한 소리를 듣고 있으면 세속에 찌든 온갖 허물이
말끔히 씻기는 듯합니다.

한번 들어보세요.
혼탁한 마음이 그지없이 고요해지고,

혼미한 정신은 끝 간 데 없이 맑아집니다.
그리고 조용히 묵상默想에 자신을 던져보세요.
세상을 바로 볼 수 있는 혜안과 깨달음을 얻을 테니까요.

불자佛者가 아니라도 괜찮습니다.
해탈의 마음으로 향을 사르고 가부좌跏趺坐를 틀고 앉아
명상의 세계로 자신을 불러내세요.
그리고 머리가 아닌 마음으로 물으세요.
- 너는 누구냐?
외면이 아닌 내면으로 대답하세요.
- 나는 나일 뿐이다.

세상이 자신을 위해 존재하는 이유를 깨닫는 순간입니다.

가을 산 깊은 계곡 너머 저 산사山寺
세속에 찌든 때 씻기는 풍경風聲소리,
부처님 가피加被 전하는 목탁木鐸소리
향을 피우듯 그윽하기만 한데 어쩌지 못하는 이 번뇌煩惱,
피할 수 없는 이 업보業報, 네 것이 아닌 내 것이라
오늘을 살아온 일상이 닫히기 전 한 소절 묵상默想에 두 손 모은다.

모순은 진실과 진리를
왜곡하는 현행범이다

겉으로 보기에
삶은 모순으로 가득 차 있다.
모순 뒤에 숨어있는 질서를 발견할 때
비로소 삶은 참으로 아름다워진다.

_이드리스 샤흐

• • •

누군가가 이렇게 말하더군요.
- 있지 않음이 있음이며, 있음이 있지 않음이다.
이 모순된 말이 우리의 현실이며 현주소인지도 모릅니다.
왜냐고요?
부인할 수 없는 긍정인 줄 알고 있었는데 웬걸,
하룻밤 사이 부정이 되어버리는 미친 세상이니까요.
그게 아닌 줄 알았는데 아뿔싸,
알게 모르게 긴 것이 되어버리는 얼빠진 세상이니까요.

부재중不在中인 삶을 살아가는 행위는 어리석음의 극치입니다.
반드시 지키고 있어야 할 자리에서

자신 스스로 떨어져나가는 행위는
나아가는 길을 찾는 모색의 자리가 아니라 뒤로 물러서는
퇴행退行의 자리이니까요.

자신이 있어야 할 자리는 반드시 지키세요.
남들이 침범할 수 없도록 견고한 성을 쌓으세요.
그것이 자신의 현 위치를 지키는 지혜이니까요.

오늘의 진실이 내일의 거짓이 되어야 하는
이 엄청난 모순덩어리가 피해갈 수 없는 삶의 부재라면
끝 간 데 없는 상실감에 헝클어진 상념의 뒤안길로 되돌아가
돌아앉은 너를 부르며 절규의 핏빛 한숨 토하고 싶다.

부부는 삶의 가장
소중한 재산이다

착한 부부가 이혼을 했다.

남편은 곧 재혼을 했지만 불운하게도 악한 여자를 만나

그 남자는 새 아내와 마찬가지로 악한 인간이 되었다.

아내도 곧 재혼을 하였는데 남자의 행실이 좋지 않았다.

그러나 그 새 남편은 착한 사람이 되었다.

언제나 남자는 여자에 의해 조종되는 것이다.

_마빈 토케이어

• • •

부부란 지갑과 돈의 관계입니다.

돈이 들어 있지 않은 지갑은 있으나 마나 한 물건이며,

지갑 안에 보관할 수 없는 돈은 불편하기 짝이 없으니까요.

넉넉하든 부족하든 지갑은 돈을 필요로 하고,

쓰든 안 쓰든 돈은 지갑 안에 들어 있어야

제멋이 나는 법이니까요.

한 쌍의 부부 역시 불가분不可分의 관계

그 이상 이하도 아닙니다.

그러니 억지로 나누려 하지 마세요.
일부러 갈라놓으려 하지도 마세요.
나누려 하면 사랑의 싹은 시들해지고
미움의 싹이 시나브로 눈을 뜨니까요.

아무 이유 없이 서로 돌아앉거나 돌아눕지 마세요.
돌아앉는 것은 관심이 없음이며,
돌아눕는 것은 정이 없음이니까요.

서쪽 하늘 저편 너머 붉게 물든 노을 바라보며
우리 두 사람 입가로 하얀 미소 곱게 드리우며
다시는 되돌아갈 수 없는 인생의 먼 뒤안길로 남을
어제의 기억 함께 되돌아봄은 내세來世의 인연으로
다시 함께 하고 싶은 쉼 없는 영원의 노래!

효도는 모든 덕의 근본이며
모든 복의 근간이다

29일

어떤 사람은 수레를 끌고 장사를 하여
부모를 섬길 시간이 없는 경우도 있고,
어떤 사람은 갑작스러운 부모의 사망으로
부모에 대한 보은의 기회를 잃는 경우도 있다.
그러나 주요한 문제가 여기에 나타난다.
그것은 부모에 대한 보은의 감정이
흔히는 부모가 사망한 이후에야 고개를 든다는 사실이다.

_캉유웨이

• • •

『명심보감』〈효행편孝行篇〉에 이런 말이 있다는 걸 아십니까?

효도하고 순한 사람은 또한 효도하고 순한 자식을 낳을 것이며,
오역五逆한 사람은 또한 오역한 자식을 낳을 것이다.
믿지 못하겠거든 저 처마 끝의 낙수落水를 보라.
방울방울 떨어져 내림이 한 치의 어긋남이 없느니라.
효孝는 효를 부르고, 불효不孝는 불효를 부른다.

이 말을 하루에 한 번이라도 되새기는 자식이 되십시오.
효도는 세상의 그 어떤 진리보다 가치 있는
으뜸 진리이니까요.

말로만 번지르르 행하는 효는 삼가세요.
안 하느니만 못하니까요.
재물로 부모의 환심을 사려하지 마세요.
있다가도 없는 것이 재물이니까요.
부모 앞에서 형제간에 서로 다투지 마세요.
어느 자식 편도 들 수 없는 것이 부모의 사랑이니까요.

빛바랜 묘비명 하나 발끝에 오롯이 두고
과거지사 모두 잊으시고 반듯이 누워 영면永眠에 드신
아버지 어머니 영전靈前에 서서 마음껏 소리치며 실컷 울어봅니다.
오늘도 하늘을 머리에 이고 살아가야 하는 불효자식이라
효도에 소홀했던 후회스러움 뼈에 사무쳐
잔가지에 걸려 아우성치는 겨울바람 한 무리에도
돌이킬 수 없는 회한에 젖어봅니다.

미움은 사랑에 대한
이기심이다

우리가 사람을 미워하는 경우
그것은 단지 그의 모습을 빌려서
자신의 속에 있는 무엇인가를 미워하는 것이다.
자신의 속에 없는 것은
절대로 자기를 흥분시키지 않는다.

_헤르만 헤세

...

사랑은 두 개의 얼굴입니다.
오늘의 사랑이 내일의 미움으로 변하면
하나 됨은 다시 둘로 떨어질 수 있으니까요.
오늘의 미움이 내일의 사랑으로 변하면
둘은 다시 하나 됨이 될 수 있으니까요.
그러니 아무런 생각 없이 함부로 사랑과 미움을
저울질하려 들지 마세요.
사랑과 미움, 둘 다 변덕과 질투가 심한
감정의 동물이니까요.

진정한 사랑은 헤어짐을 전제로 하지 않아야 합니다.
헤어짐은 사랑의 파기破棄이니까요.
진정한 사랑은 외롭지 않아야 합니다.
외로움은 둘이 하나 됨을 부정하는 마음이니까요.
진정한 사랑은 서로에게 향한 소중한 기도입니다.
서로의 안녕을 바라는 마음이 앞서야 하니까요.
진정한 사랑은 과거, 현재 그리고 미래를 오가는 타임머신입니다.
용서와 이해 그리고 배려를 함께 해야 하니까요.

사랑이란 이름으로 성큼 한 발자국 다가서서
너와 나의 반쪽으로 이름 지어 부를 수 있다면
아득하기만 한 시공간視空間 초월한 마음으로
씨실과 날실로 짠 운명이란 천처럼
오늘에야 비로소 우리는 사랑의 주체가 되어야 합니다.

탐욕은 모든 것을
잃게 하는
지름길이다

행복

우리는 늘 행복을 꿈꾼다
행복해지기를 소망하며
많은 시간을 투자하고
많은 노력을 아끼지 않는다

행복은 가진 자와 있는 자만의 전유물이 아니다
신문지 한 장 이불 삼아
지친 육신을 달래는 노숙자에게도
나름의 행복은 있다

행복은 아무나에게 약속을 하지 않는다
방관자처럼 얄밉게
우리 주위를 어슬렁거리며
천천히 손을 내민다

행복은 홀연히 나타나서는
주고 싶은 만큼만 주고 소리 없이 사라진다

행복은 아무나 선택하지 않는다
게으른 자 방탕한 자 몰염치한 자
배은망덕한 자 파렴치한 자 기타 등등
인간으로서 살아가기를 거부하는 자에겐
결코 그 어떤 협상이나 타협의 기회를 주지 않는다

행복은 행운과 엄연히 다르다
로또 복권처럼 요행을 바라는 마음으로
행복을 재단 裁斷 하면
그 행복은 이미 유통기한이 지난 불량식품이다

인연은 절반과 절반의
원활한 소통이다

상대방을 향해서 끊임없이 사랑을 보여주십시오.
그가 내 안으로 들어오는 것이 아니라
내가 나를 버리고 그 사람 안으로 들어가는 것,
이것이 바로 하나가 되는 사랑이니까요.
많은 벗을 가진 사람은
한 사람의 진실한 벗을 가질 수 없습니다.

_아리스토텔레스

...

오늘은 누구와 좋은 인연을 맺었나요?
악연이 아니라 생각한다면 인생의 절반은 성공한 셈입니다.
남은 절반은 다정다감하게 살아가면서 만들어 가세요.
이 세상에 처음부터 100% 완전한 인연은 없으니까요.
그리고 한 번 맺은 인연은 서로 있는 힘껏 끌어안으세요.
왜냐고요?
자신 혼자 안고 가는 인연은 자칫 아집과 집착
그리고 독선으로 흐르기 쉬우니까요.

눈이 멀어지면 마음의 간격 또한 멀어진다는 말이 있습니다.
부부의 인연을 두고 한 말입니다.
하루 한 번이라도 서로의 눈을 바라보면서 대화를 나누세요.
눈은 순수한 마음의 소통의 창이니까요.
하루 한 번이라도 마음의 창을 활짝 열어보세요.
서로 바라보는 사이 인연의 향기는 더욱 짙어지니까요.

처음에는 서로 모르는 사람으로 만나
낯선 수줍음과 어색함으로 서로를 탐색하듯 얘기하는 가운데
만남의 의미는 느낌으로 한 발 다가섭니다.
그리고 다음 날 차 한 잔 마주하고 앉아
서로의 눈길에 드리운 향기 읽을 때
마음 속 깊은 설렘은
사랑으로 다가와 둘이 아닌 하나로 이름을 바꿉니다.

기쁨은 조물주가
인간에게 준 최고의 선물이다

32일
_____

기쁨 없이 사는 것은
그저 삶을 소모하는 것이다.
기쁨에 들떠 가벼이 승낙하지 말고
술 취한 기분에 성내지 말라.
유쾌함에 들떠 일을 많이 벌이지 말고
고달프다 하여 끝나기 전에 그치지 말지니라.

_채근담菜根譚

• • •

기쁨이 더없이 충만한 하루를 시작하세요.
기쁨은 온갖 오해와 갈등, 시기와 반목을 잠재우는
수면제이니까요.
오늘도 그리고 내일도 기쁨이 가득한 얼굴로 인사를 하세요.
만나는 사람 얼굴마다 기쁨이 흘러넘칠 테니까요.

매일매일 기뻐하는 마음으로 자신을 불러보세요.
온갖 시련과 슬픔은 온데간데없이 자취를 감출 테니까요.

혹여 오늘은 기쁘지 않으신가요?

기쁨은 자기하기 나름입니다.

슬픔을 불러들이는 건 그 누구도 아닌 바로 자신이니까요.

혹여 누군가에게 기쁨을 선물한 적이 있나요?

있다면, 정말 잘하신 일입니다.

선물을 주어본 적이 없는 사람은 메마른 감정의 소유자이니까요.

혹여 누군가에게 기쁨을 받아본 적이 있나요?

있다면 정말 행복한 사람입니다.

잠들기 전 내내 기쁨으로 기분이 좋았을 테니까요.

어쩔 수 없는 이유 하나로 더불어 사는 삶이라면
함께 하는 기쁨은 겸손해야 합니다.
분수를 모르는 욕심에 집착하려는 이기심보다는
작은 베풂 하나에도 여유를 찾는 기쁨 하나가
우리네 삶을 기름지게 만들기 때문입니다.

의심은 불신을
조장하는 주범이다

사람을 믿는다는 것은
사람이 반드시 모두 성실하지 못하더라도
자기만은 홀로 성실하기 때문이며
사람을 의심하는 것은
사람이 반드시 모두 속이지 않더라도
자기가 먼저 스스로를 속이기 때문이니라.

_채근담菜根譚

• • •

혹여 지금 자신의 존재를 의심하고 있지는 않는지요?
의심은 자신을 부정하는 어리석은 생각입니다.
부정은 자신의 존재 이유를 인정하지 않으려는 확인 사살입니다.
아서세요!
그대는 이 세상을 굴리는 하나의 중요한 바퀴이니까요.

혹여 지금 나我를 경멸하고 있지는 않는지요?
경멸은 자신을 깎아내리는 못난 생각입니다.
경멸은 싫증과 회의 그리고 권태를 불러오는 주범입니다.

아서세요!
이 세상에 자신을 경멸하며 살아가는 사람은 없으니까요.

과거의 자신에게 너무 연연하지 마세요.
다 헛되고 부질없는 뜬구름일 뿐이니까요.
현재의 자신에게 너무 집착하지 마세요.
얻는 것보다 잃어버리는 것이 더 많을 테니까요.
미래의 자신에게 너무 자만하지 마세요.
선지자先知者가 아닌 다음에야 장담할 수 없으니까요.

의심은 아직 일어나지 않은 일에 대한
망상에서 비롯되는 법입니다.
그리고 남을 많이 속이는 사람일수록
의심병에 걸리기 쉽습니다.

Johann Wolfgang von Goethe

훌륭한 인간이 되기 위해서는
나이를 먹는 것이 필요하다.
나는 실수를 범하려 할 때마다
그것은 전에 범했던 실수란 것을 깨닫게 된다.

✲

요한 볼프강 괴테

황혼은 살아온 삶의
최후 변론이다

...

혹여 황혼을 유죄라고 생각하고 있는지요?
아닙니다.
황혼은 무죄입니다.
왜냐고요?
인간이라면 누구나 한 번은 황혼의 문턱을 넘어야 하니까요.

혹여 황혼을 억울해 하고 있는지요?
아닙니다.
황혼은 감사함입니다.
왜냐고요?
황혼은 삶이 주는 명예로운 훈장이니까요.
인간이라면 누구나 한 번은 황혼의 그림자를 밟게 되니까요.

황혼에 주눅 들지 말고 맘껏 즐기세요.
즐기는 가운데 황혼은 저만큼 비켜나기 마련이니까요.
황혼은 삶의 마지막 담담함입니다.
온갖 미혹과 미망을 넘어
비로소 하늘의 뜻을 알게 되는 나이이니까요.
황혼은 조물주가 주는 재도전의 마지막 기회입니다.
무릇 움직이는 돌쩌귀는 녹슬지 않는 법이니까요.

의연하다 못해 초연超然으로 살아온 인생길이 쉽고 가벼운 것은 아니었다는 사실 하나에
비로소 회한의 눈물 뿌리며 담담해지고 싶은 이유는 노을이 황혼을 닮아 아름다운 게 아니라
황혼이 노을을 닮아 아름답기 때문입니다.

나는 고령의 황금기에 있다

벤자민 프랭클린

그리움은 침묵하며 기다리는
고귀한 영혼이다

그의 마음을 구성하는 원소들로부터
공감과 존경심, 그리움과 참을성
뉘우침과 놀라움, 용서하는 태도를 뽑아내어
그것을 하나로 합성시킬 수 있는 화학자라면
'사랑'이라고 일컫는 원자를 창조할 능력을 갖게 될 것이다.

_칼릴 지브란

• • •

그리움에 사무쳐 눈물을 흘려본 적이 있나요?
있다면, 그 눈물은 고귀한 사랑의 증표입니다.
증표는 그 누군가를 사랑하고 있다는 자기 확인이니까요.
그리움을 한낱 사치라고 생각한 적이 있나요?
있다면, 그대는 그리움을 받을 줄만 아는 불행한 사람입니다.
그리움은 서로 주고받는 애틋한 이심전심이기 때문입니다.

오늘은 그리움의 문자 메시지를 보내보세요.
- 자기, 지금 뭐해?
- 자기 생각!

이런 문자 메시지를 받아본 적이 있다면 당신은
사랑의 메신저 자격이 있는 사람입니다.

오늘은 그리움의 거울을 마주해 보세요.
- 나, 괜찮아 보여?
- 좋아 보이는데.
이런 말을 중얼거려 본 적이 있다면
당신은 그 누군가를 깊이 사랑하고 있는 사람입니다.

치유될 수 없는 마음의 상처, 그 그리움의 의식은
볼 수 없는 허상이라 이름으로 부를 수도
들을 수 없는 환청이라 소리 내어 말할 수도
잡을 수 없는 허공이라 두 손 뻗어 느낄 수도 없다.

모방과 흉내로 가는 길은
영혼과 생명이 없다

이 세상에서 중요한 것은
'현재 어디에 있는가' 보다는
오히려 '어느 쪽으로 가고 있느냐'는 데 있다.
목적 항에 닿을 때까지 어떤 때는 순풍을 타고
때로는 역류를 만나 항해해야만 한다.
그러나 어떻게 하든 앞으로 나아가야 하며
표류해서도 정박해서도 안 된다.

_홈즈

• • •

지금 어떤 길을 가고 있나요?
나쁜 길이 아니면 계속 가세요.
혹여 가지 않아야 하는 길을 가고 있지는 않나요?
모방과 흉내로 가는 길이 아니면 계속 가세요.
혹여 꾐에 빠져 가는 길은 아닌가요?
그 길은 돌이킬 수 없는 후회의 길이니 그냥 가지 마세요.

자신이 선택한 길을 간다는 건 큰 용기를 필요로 합니다.

용기 없이는 그 길을 선택하지 않았을 테니까요.

자신이 가야 하는 길은 자신의 몫입니다.
남이 간섭하거나 개입할 수 없는 긍지의 길이니까요.
자신이 가고 있는 길은 자신의 소관입니다.
잘되고 못되고는 자신의 의지와 능력에 좌우되니까요.

그 언제부터 그 누구를 가장假裝한 나라는 놈이라 해도
이유 없이 사랑하는 것조차 가당찮은 모순이라 해도
햇볕에 아무 저항 없이 녹아내리는 눈사람의 비애라 해도
속세의 험한 계곡 가파른 숨 내쉬며 내처 달린다 해도
내가 선택한 길이 현명이라 소리치고 싶다.

소유욕은 번뇌를 부르는
이기심의 발로이다

37일

알맞은 정도라면
소유는 인간을 자유롭게 한다.
도를 넘어서면 소유가 주인이 되고
소유하는 자가 노예가 된다.

_프리드리히 니체

•••

사랑을 섣불리 소유하려 하지 마세요.
소유하려 하면 할수록 사랑은 저 멀리 달아나니까요.
사랑은 소유가 아니라 배려이며 베풂이기 때문입니다.

소유를 위한 사랑은 절대 하지 마세요.
소유하려 할수록 사랑은 집착이 되기 쉬우니까요.
집착을 동반한 소유는 사랑이 아니라 이기심이며
아집의 발로이기 때문입니다.

그 누구를 사랑하고 싶다고요?
그럼 먼저 소유욕을 버려야 합니다.

사랑은 가지고 싶다고 해서 가질 수 있는 것이 아니니까요.
그 누구를 사랑하고 있다고요?
먼저 진실의 거울로 자신을 들여다보세요.
거울은 거짓을 모르는 솔직한 녀석이니까요.

어제보다 더 가지고 싶은 탐심貪心 내려놓음이
마음속 깊이 뿌리를 내려 제자리를 찾을 때
우리 모두가 소망하는 무욕의 깨달음은
비로소 완전한 자유로 우리를 구원한다.

탐욕은 모든 것을
잃게 하는 지름길이다

욕심이 크면 그 욕심을 채우기 위한 걱정이 생긴다.
걱정이 심하면 병이 되며 병이 나면 정신이 흐려진다.
또한 정신이 흐려지면 생각이 옳지 못해
경거망동을 일삼게 된다.
경거망동은 화근을 불러일으키고
화근은 병을 깊게 만들어 위와 장을 상하게 한다.
결국 욕심 때문에 육체도 정신도 성하지 못하게 되는 것이다.

_한비자

•••

어제보다 얼마나 더 가지려 아둥바둥 안달복달인가요?
그냥 필요한 만큼만 가지세요.
그릇을 흘러넘친 물은 물이 아니니까요.

오늘은 또 얼마나 더 가지려 아우성인가요?
그냥 감당할 수 있을 만큼만 가지세요.
정도가 지나치면 부족한 것보다 못하니까요.

무욕의 거울 하나 가슴에 품어보세요.
이 세상의 온갖 기쁨과 행복이 자기 것이 될 테니까요.
무욕의 종 하나 가슴에 달아보세요.
이 세상의 온갖 욕망의 소용돌이가 고요해질 테니까요.
무욕의 안경 하나 써보세요.
이 세상의 온갖 깨달음이 또렷이 보일 테니까요.

헛된 과욕이 섣부른 만용으로 넘쳐날 때
이만큼만 가지고 싶은 진정한 무욕은
그 어디에서도 구원받지 못하는 겉치레 선행처럼
오늘도 제 자리를 잃고 방황을 서둔다.

얼굴은 그 사람을 나타내는
진실의 거울이다

당신이 만약
어떤 사람의 속마음을 알고자 한다면
그 사람의 얼굴 표정을 자세히 살펴보라.
그의 표정에는
그의 마음이 잘 나타나 있을 것이다.

_필립 도너 체스터필드

• • •

자신의 얼굴을 그려본 적이 있나요?
혹여 낯설지는 않았나요?
낯설었다면 당신은 자기 자신을 의심하고 있습니다.
그럼 내일 다시 한번 그려보세요.
왠지 모르게 낯설지 않을 테니까요.

매일매일 마음속으로 자신의 얼굴을 그려보세요.
미처 깨닫지 못했던 용기와 소홀히 했던 자신감이 생길 테니까요.

너와 나, 우리 모두는

매일매일 나름의 자화상을 그리며 살아가는 존재입니다.
생긴 모양 그대로가 좋아서가 아닙니다.
생긴 모양 그대로가 싫어서도 아닙니다.
어쩔 수 없이 생긴 그대로 살아갈 수밖에 없는
나름의 운명을 타고났기 때문입니다.

우리가 매일매일 자화상을 그리는 이유는
삶의 패배자가 되기 싫어서
삶의 비겁자가 되기 싫어서가 아닐까요?

오늘은 어제처럼 무심한 얼굴로 내일을 얘기하자 하지만
서툰 수화手話조차 거부당한 나는 돌아앉는 비겁자로 남는다.
오늘도 잿빛 도시 이 구석 저 구석 배회하며
어제로 회귀할 수 없는 진한 서러움에 나는 우울증에 빠진다.

삶은 단 한 번의
기회가 주는 기적이다

그대가 값진 삶을 살고 싶다면
날마다 아침에 눈을 뜨는 순간
이렇게 생각하라.
"오늘은 단 한 사람을 위해서라도 좋으니
누군가 기뻐할 만한 일을 하고 싶다"라고.

_프리드리히 니체

...

오늘도 살아 있음의 이유로 감사의 기도를 올리세요.
지금 이 순간 살아 있음을 늘 소중히 여기세요.
그리고 건전한 애착과 건강한 관심의 끈으로
꽁꽁 묶어 놓으세요.

인간의 삶이란 고뇌하기 위해 살아가는 것이 아니라
하루하루 감사함과 소중함을
마음에 되새기기 위해서니까요.

삶의 바퀴가 어디로 가고 있는지는 중요하지 않습니다.

어디로 향하든 거쳐야 할 정거장은 있기 마련이니까요.
어느 정거장에서 멈출 것인지,
어느 정거장에서 뒤돌아설 것인지,
다음 정거장을 언제 갈 것인지 그게 중요할 뿐입니다.

삶이 당신을 배반하지 않는 한
아니, 당신이 삶을 배신하지 않는 한
누가 뭐라고 시비를 걸어도 당신의 삶은 그대 것이니까요.

우리의 삶은 잠시 주어진 운명에 맡겨질 뿐이며
우리의 운명 또한 주어진 삶에 머물지 않는 법이다.
뜨겁게 뛰는 심장 한 구석 고집스럽게 아로새긴
삶의 이름표 또한 나만 모르는 진실에서 구원될 때
비로소 인간으로 바로 설 수 있는 참된 삶의 이치를 깨닫는다.
서로 마주 볼 수 없는 동전의 양면처럼!

인생은 오늘보다
내일을 기다리는
정류장이다

Day 41-50

존재의 이유

인생의 무거운 부채負債를 짊어지고
사는 것의 참의미를 되찾기 위해
오늘도 죽어진 일상을 방황하는 까닭은
낯선 번뇌와 시련을 통해 성숙하기 위함이다

인간으로 살아가야 하는 존재의 이유가 있기에!

구차스런 진실 하나 보다는
어설프지만 낯설지 않은 현명 하나를 통해
세상의 온갖 허례와 모순을 날카롭게 파헤치는
평범한 지혜를 찾으려 한다

인간으로 살아가야 하는 존재의 이유가 있기에!

성과 이름은 있되 별무소용인 나라는 이름토에
어리석게도 대견해 하는 나의 자화상은
여태껏 무엇 하나 이루지 못한
삶의 공전空轉 찬미하려 한다

인간으로 살아가야 하는 존재의 이유가 있기에!

홀로서기는 자신을
뒤돌아보는 수행이다

41일

나는 혼자 있기를 좋아한다고
말한 적이 한 번도 없다.
나를 조용히 내버려 두라고만 말했을 뿐이다.
이 두 가지는 분명히 차이가 있다.

_그레타 가르보

• • •

야생화野生花는 홀로서기를 좋아합니다.
왜냐고요?
외로움을 천성으로 알고 있으니까요.
야생화는 부귀와 영화를 기대하지 않습니다.
왜냐고요?
무욕無慾과 청빈淸貧에 익숙해져 있으니까요.
야생화는 아름다움을 질투할 줄 모릅니다.
왜냐고요?
허영과 사치인 줄 알고 있으니까요.

때론 침묵과 함께 사색하는 시간을 가지세요.

잠시 잊고 있었던 소중한 그 무엇을
잠깐 잃어버린 소중한 그 무엇을
기억해 내는 기회가 될 테니까요.

때론 남에게 마음의 상처를 준 적이 없는지 한번쯤 뒤돌아보세요.
준 만큼 되돌아오는 게 상처의 속성이니까요.
때론 그 누군가에게 마음을 닫은 적이 없는지 생각해 보세요.
닫힌 마음은 소중한 생각을 무디게 하니까요.

야생화는 혼자 덩그러니 떨어져 있어도 외로움을 모릅니다.
이름 모를 누군가가 곁에 있다고 느낄 수 있으니까요.
말을 걸지 않아도 토라질 줄 모릅니다.
토라짐을 모르는 인성人性에 오랫동안 길들어져 있으니까요.
부귀와 영화는 기대하지 않습니다.
여태껏 질기게 살아온 삶의 여정이 그랬으니까요.

인생은 오늘보다
내일을 기다리는 정류장이다

42일

인생을 살아가는 데는
오직 두 가지 방법 밖에 없다.
하나는 아무것도 기적이 아닌 것처럼
다른 하나는 모든 것이 기적인 것처럼 살아가는 것이다.

_알버트 아인슈타인

• • •

그냥 뒤돌아보지 마세요.
지나간 인생은 덧없음이며 부질없음이니까요.
그냥 분수껏 만족하세요.
지금의 인생은 내일의 자아를 밝히는 찬란한 거울이니까요.
그냥 많이 즐기세요.
주어진 인생을 담보로 남아 있는 시간을 말이죠.

그냥 아무 일도 없었던 것처럼 사세요.
그냥 단 한 번도 후회하지 않은 것처럼 사세요.
그냥 아무에게도 상처주지 않은 것처럼 사세요.
그냥 벌어들인 만큼만 베풀면서 사세요.

그냥 지금 이 순간이 생의 마지막 날인 것처럼 열심히 사세요.

그냥 내일이 온다 해도

두려움의 벽을 스스로 만들지 말고 사세요.

왜냐고요?

무릇 인생이란 받아들이기 나름이며,

도전하기 나름이며,

마무리하기 나름이니까요.

우리가 오늘을 살아가는 이유는

어제보다 못난 오늘을 살기 싫어서며,

우리가 내일을 살아가야 하는 이유는

오늘보다 소중한 내일을 기약함이며,

우리가 어제를 회상하는 이유는

내일이 오기 전에 어제를 뒤돌아보기 위함이다.

가을은 고독과 사색으로
채워지는 넉넉함이다

43일
_____

참고 버티라.
메마른 가지에서도 가을엔 탐스런 열매를 맺듯이
그 고통은
차츰차츰 너에게 좋은 것으로 변할 것이다.

_오비디우스

•••

가을에 고독을 느끼시나요?
가을을 마중 나갈 준비가 되어 있는 사람이군요.
가을이 오면 첫사랑이 생각나시나요?
가을이 주는 선물이라 여기세요.
가을이 오면 혼자 여행을 떠나고 싶나요?
가을의 운치를 아는 사람이군요.

가을에는 시詩 한 편을 써보세요.
가을에 쓰는 시는 치유와 깨달음의 시이니까요.
가을에는 시집 한 권을 가지고 다니세요.
시집은 영혼의 양식糧食이니까요.

가을에는 시심詩心을 가져보세요.
시인이 된 양 감정이 풍부해질 테니까요.
가을에는 한 편의 시를 낭송해 보세요.

시는 가장 순수하고 정직한 언어의 마술사이니까요.

색 바랜 입성으로 나들이 나온 단풍잎 하나
소슬한 바람 소리 친구 삼아 길바닥에 나뒹굴다
신록을 그리워하는 푸념마저 바람에 흩날려 외면당하면
이제야 가을을 떠나보내야 하는 뼈저린 상심傷心에
어제를 뒤돌아보는 고독에 휩쓸린다.

Arthur Schopenhauer

인생은
그 입구에서 볼 때만
한없이 멀고 아득하다.
인생은
그 출구에서 볼 때는
오히려 너무 짧다.

✤

아르투르 쇼펜하우어

영혼이 없는 삶은
비상구가 없는 미로이다

• • •

출구를 알 수 없는 미로에 갇혀 허둥거려 본 적이 있나요?
우리네 삶 또한 미로를 닮았다는 생각을 했다면
당신은 고난과 시련을 이겨낼 수 있는 배짱이 있는 사람입니다.

삶의 비상구 하나쯤은 만들어 놓으세요.
비상구 하나 없는 삶을 살아간다는 건
영혼 없는 삶을 살아가는 거나 마찬가지이니까요.

우리가 선택한 삶의 여정에는 배신과 무고誣告의 지뢰가
군데군데 매설되어 있습니다.
그냥 두고만 보지 말고 과감히 제거해 버리세요.
아무런 생각 없이 그냥 방치했다가는
위험과 위기를 자청하는 우를 범하게 될 테니까요.

출구를 알 수 없는 미로 같은 삶을 살지 마세요.
왜냐고요?
온갖 열정과 노력이 헛수고가 될 수 있으니까요.

우정은 배신에 절단당하고 사랑은 미움에 굴절되고 순수는 탐욕에 퇴색되고 명예는 무고誣告로 변질되고 가난은 부에 종속從屬되고 만남은 이별에 상처받고 순결은 욕정에 밟히고 무저항은 권력에 예속隷屬되고 하여 우리 모두는 부재중不在中이다. 고로 우리네 인생은 비상구가 없는 미로迷路이다.

운명의 틀을
선택할 권리는
우리에게 없다
하지만
그 안에 무엇을
채워 넣을지는
우리에게 달려있다

함마르 셸드

얼굴은 자기소개서며
신용장이다

인간은 어떤 사람의 능력을 평가할 때
본인이 말하고 행하는 것보다
그의 외적인 모습에 유의해서 평가하는 경향이 있다.
이런 점에서 얼굴은 매우 중요하다.
즉, 그의 행동이 어떠한가도 중요하겠지만
그의 얼굴은 그의 가치에 커다란 영향을 주기 때문이다.

_찰스 벅스턴

• • •

누구나 한 장의 초상화를 지니고 살아갑니다.
주민등록증의 사진이 우리의 초상화이니까요.
그 초상화, 함부로 훼손하지 마세요.
자칫 영정 사진이 될 수도 있으니까요.
그 초상화, 늘 소중하게 다루세요.
왜냐고요?
이 세상에서 제일 소중한 사람은 자기 자신이며
제일 소중한 것은 자기 얼굴이니까요.

아침에 일어나 맨 먼저 해야 하는 일은
'참나我'를 확인하고 일깨우는 초상화를 다시 그리는 일입니다.
어제를 살면서 구겨지거나 찢어지거나 더럽혀졌을지도 모르는
초상화를 살펴봐야 하니까요.

매일매일 초상화를 다시 그리십시오.
삶과 나 그리고 나와 삶이 의미하는 이차방정식을
함께 풀어나가야 하는 지혜와 깨달음이 거기 있으니까요.

새치 몇 가닥으로 삶의 연륜을 키운다.
주름진 실개천 이마 삶의 절벽을 탄다.
윤기 잃은 눈썹으로 애증愛憎의 그네를 지친다.
총기聰氣 가신 눈동자로 갈등의 옷을 입는다.
거칠게 갈라진 입술로 무고誣告의 덫을 턴다.
잘게 무디어진 턱 선으로 욕망의 허물을 벗는다.
우리는 매일 아침 거울 앞에서 제 나름의 초상화를 그린다.

침묵과 화의 관계는
동전의 양면이다

말을 제대로 못했던 것을 유감으로 생각한다면
침묵을 지키지 못했던 것에는
백 번이라도 후회를 해야 합니다.

_레프 니콜라예비치 톨스토이

화는 화를 낸 사람에게 반드시 되돌아온다.
화의 최대 원인은
나는 잘못한 게 없다는 생각이다.
화를 내어 이기는 것은 결국 지는 것이다.

_루키우스 안나이우스 세네카

• • •

오늘은 광활한 바다를 가슴에 한번 품어보세요.
바다는 우리에게 많은 깨달음을 일깨워주는 스승입니다.
화를 낼 때는 성난 파도로 솟구치지만
침묵할 때는 바람 한 점 없는 고요를 주니까요.

우리는 때론 화를 다스릴 줄 알아야 합니다.

우리는 때론 침묵을 지킬 줄 알아야 합니다.
화와 침묵은 그름과 옳음에 좌우되는
감정의 부산물이니까요.

때로는 화려한 말보다 무거운 침묵을 가까이 하세요.
집착과 아집을 멀리하는 자신을 깨닫게 될 테니까요.
때로는 침묵으로 사람을 상대하세요.
열 마디 말보다 효과가 있는 설득이 될 테니까요.
때로는 침묵에 감사하세요.
잠시 잃어버린 참나我를 되찾게 될 테니까요.

바다는 밤이면 그리움에 서러워할 줄 압니다.
서녘 하늘가로 드리우는 붉은 노을이 부럽기만 합니다.
우울할 때면 파도를 운명처럼 떠안는 자신이
잠시 미워질 때도 있습니다.
현란한 하얀 불빛 토하는 등대의 기세
정수리에 내리꽂힐 때
두려움에 떠는 작은 섬 안타까움에 잠시 침묵할 줄도 압니다.

가을 낙엽은 다음을 기약하는
아름다운 퇴장이다

나무는 봄·여름에 잎이 푸르고 건강해야
가을에 탐스러운 열매가 여문다.
나쁜 마음, 마음이 곱지 못한 사람은
봄·여름에 나뭇잎이 병들거나
벌레들이 갉아 먹은 것과 같아서
가을이 오기 전에 열매도 허약하여
그냥 땅에 떨어져 버린다.

_고문진보古文眞寶

* * *

가을 낙엽은 진정한 자유인입니다.
무저항의 아우성을 아는 순교자이니까요.
가을 낙엽은 계절의 부활입니다.
다음 해에도 어김없이 환생하니까요.
가을 낙엽은 가을의 침묵입니다.
한 줌의 재로 스러져가는 순간에도 시시비비를 모르니까요.

가을에는 그 누구를 용서하세요.

용서는 가을 하늘처럼 높고 맑아야 하니까요.
가을에는 그 누구를 이해하세요.
이해는 가을바람처럼 꾸김살 없이 시원해야 하니까요.

가을에는 그 누구를 배려하세요.
배려는 가을 들녘처럼 넉넉해야 하니까요.

소슬한 바람결에 흩날리며 이름 모를 연인의 발길질에 채이다
노란 제복 청소부의 무정한 비질에
오늘도 가을 낙엽은 무저항의 아우성을 노래합니다.
내년에는 더 많은 전설 품고 싶기에
오늘도 가을 낙엽은 스러져가는 가을의 침묵
묵묵히 노래합니다.

기도는 자기
자신에 대한 믿음이다

나는 더 이상 어찌할 수 없는
막다른 골목에 도달했을 때
내 지혜와 내 모든 지식으로도
도저히 어쩔 수 없다는 것을 알았지만
그러나 기도하면 된다는 강한 확신에 이끌려
내가 무릎을 꿇었던 적이 내 생애에 한두 번이 아니었다.

_에이브러햄 링컨

...

기도는 자신만의 성스런 의식입니다.
때로는 구원의 길을 열어주기도 하니까요.
때로는 두려움을 벗어나게 하는 용기를 주기도 하니까요.
때로는 고통을 이겨 낼 인내를 주기도 하니까요.
때로는 비겁자가 되지 않는 지혜를 주기도 하니까요.
때로는 자비를 베풀 줄 아는 깨달음을 주기도 하니까요.

늘 기도하는 일상이 되세요.

기도는 원망과 복수를 용서로 사赦해 주니까요.
반목과 오해를 융화와 이해로 감減해 주니까요.
집착과 편견을 포용과 아량으로 끌어안으니까요.
아집과 독선을 공평한 마음으로 멸해주니까요.

오늘도 살아 숨 쉬는 우리에게 일상의 숨소리 듣게 하시고,
빈부의 높고 낮음 없이도 고루 마시는 공기 같은 세상 열어 주시고,
새벽이 열리기를 기다리는 이 세상 모든 이들에게
조물주의 식탁에 함께 자리할 수 있는 하나가 되게 하십시오!

망각은 기억의
소멸이 아니라 재생산이다

49일

우리들이 어려운 형편에 있을 때는
과거의 좋은 기억들을 회상한다는 것이
매우 유용한 일이 될 수 있지만,
좋은 형편에 있을 때는 나빴던 기억 따위가
매우 냉혹하고 불완전한 것이 된다는 것은
참으로 기묘한 사실이다.

_아르투르 쇼펜하우어

• • •

가끔 망각의 시간을 가져보세요.
기억하지 않음이 때로는 바람직한 모범 답안이 될 수 있다는 걸
알 수 있을 테니까요.
가끔 망각의 순간을 즐겨보세요.
생각하지 않음이 때로는 무심無心의 깨달음에 이르는
지름길임을 알 수 있을 테니까요.
가끔 망각의 자신을 사랑하세요.
무관심이 때론 자신의 사랑을 확인하는 순간임을
알 수 있을 테니까요.

왜곡된 진실을 느끼신 적이 있나요?
쓸모없는 기억을 가지고 있나요?
돌이키고 싶지 않은 추억에 갇혀 있나요?
헛되고 부질없는 생각을 하고 있나요?
있다면, 지금이라도 망각의 지우개로 말끔히 지워버리세요.
지우는 순간 당신은 새롭게 태어나는 신생아가 될 테니까요.

망각으로 살아 있음을 시인할 수 있다면,
비록 왜곡된 진실을 수차례 굴절당한 채
한 무리 바람과 한 점 구름조차 머물기를 거부하는
무인도 한 모서리에 유배된다 해도
망각을 위한 축배는 웃을 수 있다.

산행은 몸과 마음을 닦는
묵언 수행이다

등산의 기쁨은
정상에 올랐을 때 가장 크다.
그러나 나의 최상의 기쁨은
험악한 산을 기어 올라가는 순간에 있다.
길이 험하면 험할수록 가슴이 뛴다.
인생에 있어서 모든 고난이
자취를 감췄을 때를 생각해보라!
그 이상 삭막한 것이 없으리라.

_프리드리히 니체

•••

산행을 좋아하신다고요?
그럼 당신은 호연지기浩然之氣의 수혜자군요.
산행을 싫어하신다고요?
그럼 당신은 이기적인 사람이군요.
산행을 좋아하지도 싫어하지도 않는다고요?
그럼 당신은 기회주의자군요.

산은 중용中庸을 가르치는 스승입니다.
나쁜 사람이든 착한 사람이든 다 오를 수 있게 하니까요.
산은 침묵을 가르치는 스승입니다.
마음의 고요를 다스리는 지혜를 주니까요.

산은 무소유를 가르치는 스승입니다.
배부른 자에게는 길을 허락하지 않으니까요.

산은 산의 침묵으로 말하려 한다.
어쩔 수 없이 짊어진 삶의 무게 소중하게 다루며
일상에 충실한 자만이 산을 오를 수 있다고.
우리는 산을 알지도 못한 채
영원으로 갈 수 없는 지친 육신 이끌고 산을 오른다.
어제도 오늘도 그리고 내일도 또 내일도…….

말이 많은 사람은
진실과 거짓의
Day 51-60 경계가 없다

성찰省察

소소한 쾌락에 연연하고
사소한 것에 탐닉하면
깊은 깨달음에 이르지 못하듯
성찰은 인생의 미묘한 갈등에서 온다

일상의 자질구레한 순간들
그 순간순간이 성찰을 위한 자의식이다
아주 작은 행위에도
경의를 표할 줄 아는 마음이 성찰이다

진정한 성찰은 영적인 삶을 살 때
비로소 그 의미를 찾는다

항상 기억하라!
우리의 일상을 받쳐주는 모든 것들에
소중함을 느낄 때 성찰은 남의 것이 아니다

우리네 삶 속에 녹아나는
좋은 것과 나쁜 것에 늘 감사하라

편애偏愛 와 집착執着 은
얕은 성찰이다

새벽은 부지런한 사람이
누릴 수 있는 축복이다

새벽 5시에 일어나는 사람과
아침 7시에 일어나는 사람의 생활시간 차이는
양쪽이 같은 시각에 잔다고 할 때
40년 동안 2만 9천 시간의 차이가 난다.
침대에서 잠으로 허비하며 보내는 시간을
효과적으로 사용하면
인생은 더 즐겁고 의미 있는 것이 된다.

_윌리엄 첸버스

• • •

경건하고 깨끗한 마음으로 새벽을 맞으세요.
새벽은 자연이 주는 빛의 경이로움이니까요.
새벽은 차별과 갈등이 없는 세상이니까요.
새벽은 공평과 화합의 시간이니까요.
새벽은 삶을 헛되이 살지 않겠다는 안식의 기도이니까요.
새벽은 이상적인 삶의 방향과
하루의 소중함을 알게 해주는 깨달음이니까요.

여명의 새벽이 오면 삶에 감사하세요.
늘 반복되는 삶이라 해서 소홀히 하지 마세요.
새벽이 없는 세상에서 살고 있다고 생각하면
이 얼마나 불행하고 끔찍한 일인가요?

새벽은 모든 생명들이 온전하게 살아갈 수 있는
빛과 공기 그리고 영혼을 제공하는 신의 선물입니다.

그 선물은 눈부신 축복입니다.

새벽은 아직 살아 있음을 깨우치려
어제란 어둠 속에 응고된 인간사 온갖 모순과 부정 심리
그리고 온갖 시기와 반목의 자화상을
오늘이란 빛의 숨결로 융해融解하려 한다.
일상을 일깨우는 삶의 약속이 있음을 알기에!

황혼은 여분餘分의
삶이 아니다

먹는 나이는 거절할 수 없고
흐르는 시간은 멈추게 할 수 없다.
생장生長과 소멸消滅, 성盛하고 쇠衰함이 끝나면
다시 시작되어 끝이 없다.

_장자

• • •

황혼의 봄에는 살아 있는 새싹의 움틈을 만끽하세요.
질긴 생명의 고귀함을 느낄 테니까요.
황혼의 여름에는 푸르른 청춘을 회상하세요.
매미 울음소리 귀에 쟁쟁하게 들리니까요.
황혼의 가을에는 한 해의 풍요로움에 기뻐하세요.
가을걷이 실은 소달구지 덜컹거림이 있으니까요.
황혼의 겨울에는 육신의 쉼에 감사하세요.
안방 구들장 아랫목의 따사함이 함께 할 테니까요.

황혼이 오면 거울 속 자신을 마주해 보세요.
살아온 삶의 연륜인 실개천 주름,

살아온 삶의 훈장인 하얗게 센 흰머리,
살아온 삶의 그네인 윤기 잃은 눈썹,
살아온 삶의 거울인 총기聰氣 가신 눈동자,
살아온 삶의 단두대인 근기 없는 육신,
이 모두가 한눈에 보일 테니까요.

황혼은 아름다운 삶의 연륜입니다.
누구나 한 번은 거쳐 가야 하니까요.

황혼에 마주 바라보는 갈색 눈동자 언저리,
싱그러운 봄 내음 그득하다.
실개천에 나란히 발 담그고 옅은 웃음 드리우는 살가운 모습,
지나온 삶의 여정 반추하는 인생의 거울이다.
마주 잡은 거친 손 마디마디, 다정다감에 지침이 없다.
맵디매운 칼바람 차디찬 살바람에 무릎이 시려도
온기 가시지 않은 구들장 아랫목 있어 정겹다.

미망은 번뇌를 부르는
헛된 망념이다

53일

마음은 동요하고 혼란하고 지키기 힘들고
억제하기 힘들다.
지혜 있는 사람은 이를 바로 잡는다.
마음은 잡기도 어려울뿐더러
가볍게 흔들리며 탐하는 대로 달아난다.
마음을 바로잡는 일이 행복의 근원이다.
마음은 보기 어렵고 미묘하나
지혜 있는 사람은 이 같은 마음을 잘 다스린다.
마음을 잘 다스리는 사람이 곧 안락을 얻는다.

_법구경法句經

• • •

우리는 미망迷妄의 감옥에 스스로 갇히지 않아야 합니다.
없는 것을 있는 것처럼,
없는 일을 있는 일처럼,
없는 생각을 있는 생각처럼,
없는 말을 있는 말처럼,
없는 사람을 있는 사람처럼,

그렇게 억지로 만들어 벗어나지 못한 채
갈팡질팡 헤매지 마세요.
모든 진실이 때로는 거짓과 환상으로 보일 수 있으니까요.

미망에 홀려 방황하는 헛됨으로 내면을 보려하지 마세요.
내면 밖의 거울로 자신을 보면 완벽할지 모르지만
내면 안의 거울로 자신을 보면 허점투성이니까요.
완벽과 허점투성이는 자신이 만드는 허상일 뿐입니다.

늘 깨어 있는 내면의 거울로 자신을 보세요.
미망 역시 받아들이기 나름에 따라 때로는 허상이 되고
때로는 실상이 되니까요.

이제는 아무것도 중요하지 않다.
내려놓고 비우고 지우고 버려야 하는 것들은
그냥 그대로 망연히 지켜보며 미망 속에 방황하는 헛됨이
돌아서는 자의 아픔으로 남게 하여
우리 모두 흔들림 없이 당당히 맞서야 할 때다.
너의 뜨거운 심장에 쓰러져 나를 구원하려 드는 처절함으로!

세월은 시위를 떠난
화살과 같다

54일

하루하루가 흘러 한 달이 되고
한 달 한 달이 흘러 일 년이 되고
한 해 두 해가 흘러서 어느덧 죽음의 문턱에 이르게 된다.
망가진 수레는 갈 수 없고 늙어 버리면 닦을 수 없다.
그런데도 누워서 갖가지 잡념과 게으름을 피운다.
닦은 공덕이 얼마나 있기에 이토록 허송세월을 하고 있는가?
이 몸은 언젠가는 죽음에 이르게 될 것이다.
다음 생은 어찌할 것인가.
서둘지어다. 그대!

_발심수행장發心修行章

. . .

가는 세월 붙잡지 말고 오는 세월 가로막지 마세요.
한낱 덧없고 부질없는 몸부림이니까요.
그냥 그대로 유유히 흐르도록 내버려두세요.
어느 한 곳에 머물게 하고
어느 한 곳에 붙들 수 있는 세월이라면
이 세상 온갖 진리와 진실은

하루아침에 갈팡질팡 뒤죽박죽이 될 테니까요.

지금 가고 있는 세월의 강을 계속 따라 가십시오.
자신 스스로가 선택한 세월의 강이니까요.
지금 서 있는 세월의 강 위에서 뒤돌아보지 마세요.
후회는 어느 날 갑자기 찾아오는 것이니까요.
지금 가고자 하는 세월의 강을 망설이지 마세요.
망설임은 용기를 저버리는 못난 생각이니까요.

양 어깨 짓누르는 온갖 시름과 고단함
세월의 강 따라 나풀거리는 돛에 드리우고
보란 듯이 너울너울 한바탕 춤사위로
머리맡 자리끼 함께 나누어 마시며 삽시다.
사람 사는 세상, 세월의 강이라 하잖소!

풍경 소리는 중생을
제도하는 합장合掌이다

해가 뜨고 지는 것,

그것은 세월을 재촉하는 것이다.

달이 뜨고 지는 것,

그것은 우리를 늙음으로 이끌고 가는 것이다.

명예욕과 탐욕,

그것은 아침 이슬과 같고

고통과 번민, 영화와 출세

그것은 저녁 무렵의 연기와 같다.

_자경문自警文

• • •

야트막한 산허리 호젓한 산사 추녀 끝에

대롱대롱 달려 있는 풍경의 속삭임을 들어 본 적이 있나요?

그 풍경 소리 귓전을 울리면

모든 중생을 제도濟度하는 부처님의 가피加被를 느낄 수 있습니다.

모든 번뇌와 미망과 망상이 다 공空이고 헛것임을

깨달을 수 있습니다.

한번 들어보세요.

정신은 한없이 맑아지고 마음은 더없이 고요해집니다.

불가佛家에서는 극락과 지옥은 우리 마음속에 있다고 합니다.
네 마음은 극락이고 내 마음은 지옥이라는 말에
기웃거리지 마세요.
이 세상의 모든 선과 악,
온갖 번뇌와 업보 또한 우리 마음속에 있으니까요.
굳이 불심佛心이 아니라도 좋습니다.
영적인 깨달음을 얻고자 하는 수행이 곧 불심이니까요.

서녘 하늘 저편 너머 타오르는 붉은 노을
추색秋色의 전설 드리운 오색 단풍 물결,
깊어가는 가을 계곡 굽이굽이 승무僧舞를 추듯 분분하다.
고즈넉한 산사山寺 추녀 밑 풍경에 걸린 초겨울 햇살
임의 가슴처럼 따스하디따사롭다.

어리석음은 지혜를
시기하는 독소毒素다

만약 어리석은 사람이
자신의 어리석음을 깨닫는다면
그가 곧 슬기로운 사람이다.
그러나 어리석은 사람이
스스로 슬기롭다고 생각한다면
그것이야말로 진짜 어리석은 것이다.

_법구경法句經

● ● ●

동해를 깨우는 일출의 장엄함을 바라보면서
마음속 속됨이 환상임을 안다면,
생각 속 잡념이 허구임을 안다면,
그대는 세속의 온갖 무지와 어리석음에서
자유로울 수 있는 사람입니다.
왜냐고요?
무지와 어리석음은 깨달음과 지혜를 배척하는
뒤틀린 감정의 찌꺼기이니까요.

함부로 자신을 아무렇게나 풀어놓지 마세요.
무지와 어리석음을 동반한 방만한 자유는
헤어날 수 없는 구속이니까요.

적절한 자기통제로 나름의 자유를 구원하세요.
일상에서 만나는 얼굴과 생각 모두가 편안해 보일 테니까요.
고삐 풀린 망아지처럼 굴지 마세요.
왜냐고요?
무지와 어리석음으로 미쳐 날뛰는 자유는
일고의 가치도 없는 구제불능 만용이니까요.

당신은 알고 있나요?
이른 새벽 동해를 깨우는
일출의 장엄함이 아름다운 이유는
일출을 기다리는 속됨보다는
그 아름다움을 영원히 잃지 않으려는
바다의 포근함이 변하지 않았기 때문이라는 것을!

모든 재앙은 입에서 나온다.
그렇기 때문에 함부로 입을 놀리거나
원망하는 말을 해서는 안 된다.
맹렬한 불길이 집을 태워 버리듯,
말을 삼가지 않으면
이것이 불길이 되어 집을 태워 버리듯,
말을 삼가지 않으면
이것이 불길이 되어 내 몸을 태우고 말 것이다.
중생의 불행한 운명은 그 입에서부터 시작된다.
입은 몸을 치는 도끼요,
몸을 찌르는 날카로운 칼날이다.

법구경

말이 많은 사람은 진실과 거짓의 경계가 없다

• • •

『명심보감』〈언어편言語篇〉에 이런 말이 있더군요.

- 입은 사람을 상하게 하는 도끼요, 혀는 말을 베는 칼이니
입을 막고 혀를 깊이 감추면 몸이 어느 곳에 있어도 편안할 것이다.

구설수口舌數나 설화舌禍의 원인 제공자가 되기 싫은 사람이라면
한번쯤은 새겨들어야 할 교훈이 아닐까요?

가끔은 자문자답自問自答으로 나름의 독백을 즐기세요.
가슴 속 멍울진 불평불만이 잠시 달아날 테니까요.
가끔은 자문자답 독백으로 고백을 대신하세요.
솔직하게 말할 수 있는 용기가 생길 테니까요.

가끔은 자문자답 독백으로 자신을 다독이세요.
심중心中에 있는 자신의 순수한 감정을 알게 될 테니까요.

그 누구를 절절히 연모하면서도 속으로 가슴앓이 싹을 키워가는 것도, 그 누구를 사무치게 미워하면서도 내심 그리움에 휘청거리는 자기 확인도, 혼자서 만족하고 자신 스스로 불평해도 좋을 자신만의 무언극도 독백이라 말할 수 있다. 언제부터인가 우리는 많은 시간을 인고의 침묵으로 살면서 시나브로 독백의 사슬에 길들여져 있다.

눈을 조심하여
남의 그릇됨을 보지 말고,
입을 조심하여
착한 말 바른 말 부드럽고
고운 말을 언제나 할 것이며
몸을 조심하여
나쁜 사람을 따르지 말고
어질고 착한 사람을 가까이 섬기라

석가모니

괴로움은 한순간
머무는 나그네이다

사랑하는 사람을 백 명 가진 자에겐
백 가지 괴로움이 따른다.
아흔 명, 여든 명 혹은 두 명, 한 명의 사랑하는 사람을
가진 자에겐 그만큼의 괴로움이 뒤따른다.
그러나 사랑하는 사람을 갖지 않은
사람에게는 괴로움이 없다.
그런 사람에겐 슬픔도 없고 번뇌도 없다.

_우다니경

• • •

지금 가슴앓이 중이라고요?
어떤 괴로움이기에 그리도 아프신가요?
많이 괴로워하세요.
많이 아파하세요.
괴로움도 한순간이며 아픔도 한순간입니다.
가슴앓이가 끝나면
그만큼 성숙해져 있는 자신을 볼 수 있을 테니까요.

이 세상에 괴로움을 모르고 사는 사람은 없습니다.
괴로움이 없는 세상은 사람 사는 세상이 아니니까요.
불행하게도 우리 인간은 태어나는 순간부터
괴로움이란 멍에를 안고 태어나는 존재입니다.

괴로움은 그냥 괴로움으로 받아들이세요.
받아들이다 보면 나름대로 익숙해질 테니까요.
익숙해지면 친근한 마음이 생기기 마련일 테니까요.

괴로움을 이겨낸 사람은 다른 괴로움이 온다 해도
거뜬히 이겨낼 수 있는 백신을 얻게 될 테니까요.

못내 지치다 못해 힘겹게 바동거려도
좀처럼 가시지 않는 상처 입은 그리움의 채찍,
숨이 끊어질 것 같은 비명조차 거부당한 상처를 내고
영원히 구원받을 수 없는 붉은 피를 흘리다
결국에는 스스로 와르르 무너지고 마는
한 줌의 못나고 비겁한 타락墮落에 젖을 때
한낱 쓸모없는 색 바랜 추억으로 남을 가슴앓이 그리움은
다시는 쓸 수 없고 간직할 수 없는 낙서가 된다.

사랑의 고백은 사랑을
배우고 싶은 의지이다

사랑이란 내가 원하는 이미지대로
당신이 변화되기를 바라는 것이 아니라
당신을 당신 자신으로 당신의 본질로
당신의 고유한 특성으로 당신 본래의 아름다움으로
당신 스스로 되돌아가도록
이끌어 주고자 하는 소망의 과정인 것입니다.

_ 레오 버스카클리아

• • •

사랑의 고백은 용기입니다.
용기 없이 얻어지는 사랑은 없으니까요.
사랑의 고백은 자기애自己愛입니다.
자신을 사랑하지 않으면 감히 할 수 없으니까요.

사랑의 고백은 아름다운 소통입니다.
소통 없는 사랑은 의미 없는 사랑이니까요.

진실이 없는 고백은 처음부터 하지 마세요.

상대를 기망하는 행위이니까요.
겉치레 고백으로 자신을 위장하지 마세요.
가식으로 얼룩져 있는 가면극이니까요.
화려한 고백으로 자신을 과장하지 마세요.
받아들이는 상대는 부담스러워하니까요.

그대에게 두 손 모아 간절히 말하고 싶습니다.
미치도록 사랑한다는 한마디를.
그대가 들을 수 없다 해도
그대에게 목청껏 소리 높여 말하고 싶습니다.
죽도록 사랑한다는 한마디를.
허공 속으로 스러지는 메아리라 해도
그대에게 감히 속삭이듯 말하고 싶습니다.
영원히 사랑한다는 한마디를.
오늘이 어제처럼 가슴앓이로 남는다 해도

동반은 아름다운
배려의 교감이다

영혼의 동반자를 지닌 사람은
삶의 빛과 의미를
마음껏 발산하면서
생명의 환희를 누릴 수 있다.

_법정스님

• • •

사랑하는 두 사람이 함께 하는 동반은
만남의 씨줄과 교감의 날줄이 엮는 사랑의 양탄자입니다.
날줄 없는 만남으로, 씨줄 없는 교감으로 짜는 양탄자는
실용성이 없으니까요.
동반은 진실한 만남과 진정한 교감이 한데 어우러져
곱게 빚어질 때가 제일 아름답습니다.

지금 하나인 동반을 따로 갈라놓고 싶은가요?
아서세요!
둘은 따로 갈라놓으면 하나가 되지만
하나를 둘로 갈라놓으면

원래의 하나는 이상한 모양이 될 테니까요.

사람에게 두 개의 발이 있는 건
하나로는 부자연스럽고 외로우니까
서로 의지하며 걸으라는 뜻이 아닐까요?

너와 나, 우리 서로 희생을 얘기하며
남다른 헌신 주고받으며,
너는 나를 배려하고 나는 너를 이해하며
함께 이룸이 동반입니다.
현재의 씨줄, 미래의 날줄이 서로 한데 어우러져
언제나 변하지 않는 유일한 사랑으로 불릴 때
동반은 늘 우리 곁에 머무는 하나의 진실입니다.

무심은 집착이 없는
무소유의
빈 마음이다
Day 61-70

가을 서정

짧은 시어 詩語 하나에
가슴 적시는 감상으로
삶의 뒤안길 서성이다 지쳐가는
지천명 知天命 의 나이테
걸어가야 할 인생길은 좀 더 남아 있는데
스러지는 석양에 맞서려는
안간힘의 아둔함이
못내 안쓰러워 아랫입술 지그시 깨문다

짧은 듯하면서도 길게만 느껴지는 목숨 줄
얼마나 질기고 질긴지
남은 시간 낯선 두려움 되어 심장을 치받는다

언젠간 마지막 페이지로 남을 나의 삶
가을 들녘을 지키는 허수아비처럼
외로이 참새를 쫓는 남루한 빛깔이다

나 몰래 슬그머니 돌아앉은
가을서정은
초라한 내 영혼 뒷모습 훔쳐보는
애절한 눈빛이다
가을 서정은 가을을 추억하는
한 소절 시어 詩語 다

Erich Fromm

사랑한다는 것은
관심을 갖는 것이며, 존중하는 것이다.
사랑한다는 것은
책임감을 느끼는 것이며, 이해하는 것이고
사랑한다는 것은 주는 것이다.

❋

에리히 프롬

사랑은 아낌없이 주는
한 그루 나무다

...

오늘도 오직 당신 하나만을 위하고 싶습니다.
이 세상의 모든 촛불을 밝혀
당신의 침실을 환하게 밝히고 싶습니다.
그리고 내일도 오직 당신 하나만을 위하고 싶습니다.
이 세상의 모든 새하얀 구름 한데 모아
당신의 침실을 안락하게 꾸미고 싶습니다.
어제처럼.

당신이 내 곁에 있음은 신이 주신 선물입니다.
당신이 나와 더불어 있음은 세상이 주는 축복입니다.
당신이 나와 웃을 수 있음은 오늘과 내일이 주는 행운입니다.

내가 당신을 사랑함은 나의 재발견입니다.
내가 당신 안에 있음은 나의 미래입니다.
내가 당신을 알고 있음은 나의 자긍심입니다.

오로지 나만을 위해 이해와 양보로 얼룩진 당신의 상처 어루만지다 보면 나에게 향한 당신의
믿음이 자랑스럽습니다. 오로지 당신만을 위해 순수와 열정으로 당신을 사랑한 근본 헤아려
보면 나에게 베푼 당신의 헌신이 아름답습니다.

사랑은 무엇보다도
자신을 위한 선물이다

장아누이

삶의 궁극적인 아름다움은
단순함에 있다

버리고 비우는 일은 결코

소극적인 삶이 아니라 지혜로운 삶의 선택이다.

버리고 비우지 않고는 새것이 들어설 수 없다.

공간이나 여백은 그저 비어 있는 것이 아니라

그 공간과 여백이 본질과 실상을 떠받쳐 주고 있다.

_법정스님

• • •

선택한 삶을 살아가는 이유는 단순해야 합니다.

복잡하고 번잡한 생각으로 살면 온갖 갈등만 일으키게 되니까요.

요란 법석한 생각으로 살면

온갖 잡다한 소란만 부추기게 되니까요.

삶은 단순하게 사세요.

단순함 속에 나름의 깨달음이 있으니까요.

선택한 삶의 주인공은 그 누구도 아닌 바로 나我입니다.

세상 속에 내가 있는 것이 아니라 내我 속에 세상이 있으니까요.

나와 세상은 불가분不可分의 관계이지만
나보다 우선되는 것은 그 어디에도 존재하지 않습니다.
참나我를 사랑하고 또 사랑하세요.
결코 밑지는 삶을 살지 않을 테니까요.

삶을 살아가는 이유가 가장 슬퍼질 때는
제자리를 떠나지 못하는 허무를 버리지 못할 때이다.
삶을 살아가는 이유가 가장 미워질 때는
작은 소중함조차 헌신짝 취급하는 이기심에 길들여질 때이다.
삶을 살아가는 이유가 가장 아름다울 때는
자기부정으로 실종된 자아를 되찾을 때이다.

어머니는 자식의
절대적인 가치관이다

63일

어머니가 아버지보다 자식에 대해
더 깊은 애정을 갖는 이유는
어머니는 자식을 낳을 때의 고통을 겪기 때문에
자식이란 절대적으로 자기 것이라는 마음이
아버지보다 강하기 때문이다.

_아리스토텔레스

• • •

어머니! 어머니!
천만번을 불러도 아려오는 가슴은
그 어디에도 비할 바 없는 시리디시린 아픔입니다.
아린 가슴 멍울은 애끓는 그리움일진대 갈 수 없는
피안彼岸의 세상에 영면永眠해 계시니 아무 소용없음입니다.

고대 그리스의 철학자인 소크라테스가 이런 말을 했더군요.

- 자기 부모를 섬길 줄 모르는 사람과는 벗하지 말라. 그는 인간
의 첫걸음을 벗어난 자이기 때문이다.

부모 없이 나_我는 존재하지 않습니다.
이 만고불변의 거룩한 진리를 깨달으며
삶을 살아가는 자식이 과연 얼마나 될까요?

당신 생각에 사무치다 못해
그리 보고파서 이리 그리워서
참다 참다 이렇게 사모곡_{思母曲} 한 자락에 영혼을 담아
당신을 그려봅니다.
어매라 부름이 너무 한스러워 안개비 촉촉이 내리는 날
당신 앞에 서서 못다 한 효를 찾으려 합니다.

인생길은 자신과의
외로운 투쟁이다

64일

_____

사람은
본질적으로 홀로일 수밖에 없는 존재다.
홀로 사는 사람들은
진흙에 더렵혀지지 않는 연꽃처럼 살려고 한다.
홀로 있다는 것은
물들지 않고 순진무구하고
자유롭고 전체적이고 부서지지 않음을 뜻한다.

_법정스님

...

우리네 인생길은 외로운 길입니다.
사랑하는 사람이 바로 앞에 있어도,
좋아하는 것들이 바로 옆에 있어도,
그 모두는 또 하나의 다른 개념일 뿐입니다.
그 모두는 영원의 고리 속에 가둘 수 없는
불확실한 존재들이니까요.

우리네 인생길 역시 따로 떨어져 나오면

또 하나의 다른 개체일 뿐입니다.
어차피 인생길은 혼자 가야 하는 외로운 길이니까요.

우리네 인생은 한 편의 단막극입니다.
무대의 주인공으로 살아가되 아무 생각 없이
허투루 낭비하거나 소비하지 마세요.
함부로 탐하지 말고 취하지 마세요.
제멋대로 생각하고 행동하지 마세요.

그럴수록 더 짧아지니까요.
그럴수록 더 줄어드니까요.
그럴수록 더 잃어가니까요.

사람은 제각각 나름의 인생을 타고난다.
이 사람 등허리는 차갑고 건조하고
저 사람 등허리는 뜨겁고 축축하다.
자의든 타의든 매순간 선택당하며 사는
우리네 운명의 씨와 날이
이 길도 가보고 저 길도 가본 다음에야
돌이킬 수 없는 회한으로 남는 이유는
아등바등 살아온 인생길이 다시는 돌아갈 수 없는
망각의 길이기 때문이다.

무심은 집착이 없는
무소유의 빈 마음이다

65일

빈 마음, 그것을 무심이라고 한다.
빈 마음이 곧 우리들의 본마음이다.
무엇인가 채워져 있으면 본마음이 아니다.
텅 비우고 있어야 거기에 울림이 있다.
울림이 있어야 삶이 신선하고 활기 있는 것이다.

_법정스님

...

무심無心은 속가俗家에서는 마음이 없다는 뜻이지만
불가佛家에서는 집착이 없는 무소유를 가르치는
빈 마음이란 뜻입니다.
왜냐고요?
소유할 것이 하나도 없으니
마음 또한 비어 있음은 당연하지 않을까요?

때로는 무심으로 삼라만상森羅萬象을 보세요.
세상의 모든 만물이 모두 비어 있는 공空임을 알 테니까요.

사랑에도 무심이 필요합니다.
있는 듯하면서도 없는 듯한,
없는 듯하면서도 있는 듯한 마음으로 서로를 읽을 때
사랑은 무언의 느낌으로 다가서니까요.

무심은 아무런 마음이 없음이 아닙니다.
없음이 있음이며, 있음이 없음일 뿐입니다.

비록 돌이킬 수 없는 사랑이라 해도
무심으로 그 누구를 읽을 때
사랑은 영혼 속에 살아 숨을 쉰다.
사랑은 이기적인 욕망 앞에 피로를 느끼지만
무심으로 사랑을 읽을 때 사랑은 느낌으로 다가선다.

菜根譚

자기를 반성하는 사람은
닥치는 일마다 모두 약석이 되고
남을 탓하는 사람은
생각하는 것마다 모두 창과 칼이 되는지라
한편은 숱한 선의 길을 열고
한편은 온갖 악의 근원이 되나니
그 서로의 다름이 하늘과 땅 사이 같으니라.

채근담

자기반성은 속된 정신과
육체를 정화하는 씻김굿이다

. . .

반성의 거울 앞에 단 한 번이라도 서 본 적이 있나요?
있다면, 그대는 자신을 돌아볼 줄 아는 지혜로운 사람입니다.
반성이 없거나 반성을 모르는 사람은
무지와 어리석음으로 세상을 살아가는 사람입니다.

반성은 자신의 인성을 일깨워주는 깨달음입니다.
오늘 하루 반성할 줄 아는 마음의 여유를 가져 보세요.
자신이 평소와 달리 새롭다는 사실을 알게 될 테니까요.

에고이즘에 사로잡힌 사람은 반성을 두려워합니다.
반성하는 자신을 상상할 수 없으니까요.
포용으로 사람을 대하는 사람은 반성을 겁내지 않습니다.
반성이 곧 자신을 너그럽게 받아들이는 자성自省임을 아니까요.
반성이 없는 삶은 비전이 없습니다.
반성은 곧 자신의 과오에 대한 사면赦免이니까요.

수많은 갈등 속에서도 서로 사랑하자. 깊은 좌절을 배우며 절망을 이겨내자. 온갖 번뇌와 업보
내려놓고 욕망의 그릇을 비우자. 살아 있음에 은총보다는 죽음에 의연할 수 있는 담담함으로
내일이 응당 용서와 이해로 부족하다 해도 나를 지키는 성찰의 소리를 듣자.

나는 하루에 세 번 나 자신을 반성해 본다
남을 위해 충을 다했는가, 친구와 사귀어 믿음을 지켰는가,
배운 것을 남에게 전했는가 하고

공자

아미타불은 마음공부로
마음자리를 찾는 깨달음이다

67일

한 생각, 깨끗한 마음이 진정한 보배로다.
일곱 가지 보배로써 아무리 많은 탑을
쌓는다고 해도 이것만 못하다.
보배로 쌓은 탑은 언젠가는 무너지지만
한 생각, 깨끗한 마음은 진리를 깨닫는다.

_붓다

• • •

아미타불阿彌陀佛의 뜻을 아십니까?
아미타불은 서방 정토의 극락세계에 머물면서
불법佛法을 설한다는 대승불교의 부처를 말합니다.
산스크리트어 'Amitabha Buddha'의 음역어입니다.
아미타Amitabha는 무량광불無量光佛
즉, 아미타불을 뜻하며 붓다Buddha는 석가모니를 뜻합니다.

불가佛家에서는 우리 인간은 다섯 가지 욕심이 주는 즐거움인
오욕락五慾樂에서 벗어날 수 없는
미물微物에 지나지 않는다고 했습니다.

오욕락은 불도를 닦는 데 장애가 되는
식욕食慾, 색욕色慾, 수면욕睡眠慾, 권세욕權勢慾, 재물욕財物慾으로
얻는 즐거움을 말합니다.
우리는 종교가 있고 없고를 떠나서
오욕락의 구속에서 자유로울 수 있는 마음공부를 해야 합니다.

지나친 즐거움은 자칫 광기狂氣로 흐를 수 있으니까요.

오늘도 쉼 없이 방황하는 지친 영혼이라
편히 잠들 수조차 없는 한 줄기 고통,
부처님의 가피加被로 비로소 이겨낼 수 있기에
새벽을 여는 고즈넉한 법고法鼓 소리에
두 손 가지런히 모아 합장合掌하려 합니다.
어제를 참회懺悔하고,
오늘을 감사하고,
내일을 소망하는 이유는
아직 우리의 삶이 남아있기 때문입니다.

일상은 퇴행이 아니라
일보전진을 위한 워밍업이다

일상을 바꾸면 새로운 운명이 열린다.
오늘의 맑은 이 아침,
이 순간에 그대의 행동을 다스리라.
순간의 일이 그대의 먼 장래를 결정한다.
오늘 즉시 한 가지 행동을 결정하라.
나쁜 습관을 버리고 좋은 습관을 가져야 한다.
오늘 그릇된 한 가지 습관을 고치는 것은
새롭고 강한 성격으로 출발한다는 것을 의미한다.
새로운 습관은 새로운 운명을 열어줄 것이다.

_라이너 마리아 릴케

· · ·

매일매일 찾아오는 일상이라 해서 소홀히 하지 마세요.
자칫 내일의 게으름이 될 수 있으니까요.
매일매일 주어지는 일상이라 해서 짜증내지 마세요.
짜증은 스트레스를 부르니까요.
매일매일 쳇바퀴 도는 일상이라 해서 싫증내지 마세요.
싫증은 자칫 권태를 부르기 쉬우니까요.

일상은 두 개의 톱니바퀴입니다.
하나는 생각이고 다른 하나는 행동입니다.
생각과 행동은 자칫 엇박자를 내기 쉽습니다.

3초 동안 생각한 다음에 행동하십시오.
3초 생각을 무시한 행동은
자칫 돌이킬 수 없는 실수를 유발하니까요.

무소유에 길들여진 나의 일상은
내려놓음과 베풂이 주는 지혜로움으로
무욕의 심장 한편 조용히 가부좌跏趺坐를 튼다.
오늘도 미처 깨닫지 못한 이기적인 욕심 버리고
새롭게 눈을 뜨는 신 새벽 여명 바라보며
주어진 일상에 충일充溢하기를 염원하고 싶다.

우리는 자신에게
적이 되지 않아야 한다

모든 사람은 탄복할 잠재력을 가지고 있다.
"모든 것이 내가 하기 나름이다"라고
끊임없이 자신에게 말하는 법을 배워라.

_앙드레 지드

• • •

작은 이유 하나에도 화를 잘 냅니다.
작은 이유 하나에도 잘 웃습니다.
작은 이유 하나에도 사랑을 느낍니다.
작은 이유 하나에도 미움을 키웁니다.
작은 이유 하나에도 고마움을 느낍니다.
작은 이유 하나에도 불만을 키웁니다.
작은 이유 하나에도 배려할 줄 압니다.
작은 이유 하나에도 탐욕을 키웁니다.
나는 누구일까요?
바로 너와 나, 우리들 자신입니다.

삶이 아름다운 이유를 크고 많고 고귀하고 화려한 것이 주는 가치만으로 찾지 마세요.
작고 적고 검소하고 소박한 것이 주는 의미만으로도
충분히 아름다우니까요.
진정한 삶은 풍부하게 누리며 살지 않아도
나름의 만족만 있으면 삶을 살아가는 그 이유가 되니까요.

자신을 전적으로 믿어야 한다.
자신을 절대 폄하하지 않아야 한다.
자신에게 항상 겸손해야 한다.
자신을 함부로 방임하지 않아야 한다.
자신을 섣불리 판단하지 않아야 한다.
성공과 행복은 자기 자신이 받아들이기 나름이다.

행복은 크든 작든 소중함
그 이상 이하도 아니다

행복의 척도는 필요한 것을
얼마나 많이 갖고 있는가에 있지 않다.
불필요한 것으로부터
얼마나 벗어나 있는가에 있다.
행복은 자신을 다른 사람과 비교하지 않는 것이다.
각자 자기 몫의 삶이 있으니
남과 비교할 필요가 없다.

_법정스님

• • •

지금 당장 나는 행복하다는 최면을 걸어보세요.
불행의 그림자는 얼씬도 하지 않을 테니까요.
지금 당장 행복은 내 안에 있다고 주문을 걸어보세요.
머릿속에 행복의 이미지가 그려질 테니까요.
지금 당장 나는 행복하다고 자신하세요.
어느 순간 현실로 나타날 테니까요.

큰 행복에 너무 연연하지 마세요.

작은 행복이라 해도 나름대로 감사하며 살아갈 수 있으니까요.
많은 행복에 너무 구걸하지 마세요.
적은 행복이라 해도 나름대로 기뻐하며 살아갈 수 있으니까요.
높은 행복에 너무 굴하지 마세요.
낮은 행복이라 해도 나름대로 용기 있게 살아갈 수 있으니까요.

행복의 차이는 크고 작고, 많고 적고,
높고 낮음에 있지 않습니다.

받고 싶은 욕심보다
주고 싶은 충동에 안달하는 베풂이 행복입니다.
탐욕에 걸신乞神 들린 부자보다
하루를 살아도 마음 편히 사는 가난이 행복입니다.
명품에 이성 잃는 너희들보다
좌판坐板 원가세일에 냉정 찾는 우리들이 행복입니다.
이해타산에 급급한 친구보다
포장마차 닭발에 소주 한 잔 함께 하는 친구가 행복입니다.

삶의가치는
선택의가벼움과
무거움에
좌우된다

Day 71-80

삶의 이유

과연 진정한 삶의 가치는 무엇인가?
어떻게 살아야 삶다운 삶을 살고 있다고
자신 있게 말할 수 있을까?

그리 간단치 않은 화두다
그럼듯 오늘도 우리는
즐겁고 복된 삶을 살기 위해
서로 아등바등 거리며 죽을 둥 살 둥 몸부림을 친다

몸부림은 삶에의 도전이다
삶은 도전하는 자의 몫이다
도전 없는 삶은 소설 속에서나 가능한 픽션이다

우리 자신 스스로가 모나지 않는 도전 정신으로
자아를 구현하는 진실을 알아가는 즐거움이
바로 삶이다

자신이 하고 있는 일
하고 싶은 일에 도전하며 즐길 줄 아는 사람만이
진정한 삶을 살 수 있다

결혼은 서로의 권리를
절반으로 줄이는 것이다

고독에 대한 두려움이
결혼에 대한 속박의 두려움보다
훨씬 크기 때문에
사람들은 결국 결혼을 하게 되는 것이다.

_시릴 코널리

• • •

결혼은 삶의 연장입니다.
왜냐고요?
시련과 고통이 없는 삶은 없듯이
결혼 또한 시련과 고통이 따르기 마련이니까요.
시련과 고통이 두려워 결혼을 망설인다면
남자와 여자를 만든 조물주의 직무유기가 아닐는지요?

부부의 관계는 비움과 채움의 관계입니다.
한쪽이 비우면 다른 한쪽이 채워가야 하니까요.
부부의 관계는 내려놓음과 들어줌의 관계입니다.
한쪽이 내려놓으면 다른 한쪽이 들어주어야 하니까요.

금슬 좋은 부부의 조건은 비움과 채움
그리고 내려놓음과 들어줌의 아름다운 조화입니다.

지금 이 시간 너는 나의 분신이 되고,
오늘 이 순간 나는 너의 반쪽이 되려 합니다.
우리 두 사람 함께 걸어가야 할 길이,
우리 두 사람 더불어 살아가야 할 삶이,
이제는 남의 것이 아닌 우리 두 사람의 것이기에
선언의식이 충만한 오늘이 더없는 축복입니다.

삶의 가치는 선택의
가벼움과 무거움에 좌우된다

72일 _____

우리는
지금 어느 장단에 놀아나든지
정신을 바짝 차리고 깨어 있어야 한다.
깨어 있는 자만이 자기 몫의 삶을
자주적으로 살아갈 수 있다.

_법정스님

•••

당신은 어떤 삶을 살아가고 싶나요?
혹여 비굴한 모습으로 많은 것을 누리고 싶은 삶인가요?
아니면 늘 당당한 모습으로 부족한 것을 감내하고 싶은 삶인가요?
선택은 그 누구의 몫도 아닌 바로 자신의 몫입니다.
다만, 전자의 삶은 이기적인 인간의 삶이며,
후자의 삶은 이상적인 인간의 삶이라는 사실을
망각하지 않아야 합니다.

자신이 선택한 삶을 그냥 아무 생각 없이 살아가지 마세요.
타성惰性에 젖어 융통성을 잊고 사는 획일적劃一的인

인간으로 전락하기 쉬우니까요.
자신 스스로 선택한 삶이라면 용기 있게 살아가세요.
온갖 간섭과 부당으로부터 자유로운,
개성 있는 사람으로 대우 받을 테니까요.

비록 장밋빛 미래가 아니라 해도
누군가 우리의 한 줌 영혼 고스란히 거두어 갈 때
그물에 걸리지 않는 바람처럼
산산이 흩어져버릴 안타까움에
오늘도 어제처럼 미래를 향해
달음박질치는 고단한 삶의 무대는
피할 수 없는 연장선에 비명을 지른다.

하루하루는
멈출 줄 모르는 바람이다

오늘 하루를 헛되이 보냈다면
그것은 커다란 손실이다.
하루를 유익하게 보낸 사람은
하루의 보물을 파낸 것이다.
하루를 헛되이 보냄은 내 몸을 헛되이
소모하고 있다는 것을 기억해야 한다.

_앙리 프레데릭 아미엘

• • •

하루는 우리 모두에게 묻습니다.
하루라는 일상을 그냥 아무 생각 없이 막연히 살아가는 삶보다
작고 하찮은 생각이라도 하면서 살아가는 삶이
아름다운 삶이 아닐까요?

그렇습니다.
눈먼 사람에게 문신을 새겨달라고 하는 어리석음은
생각 없이 하루를 살아가는 사람의 한계일 테니까요.

세월이 우리 모두에게 남기는 삶의 족적足跡은
누구나에게 다 있는 법입니다.
다만, 그 족적이 그 누구에게 칭송 받을 족적이냐,
비난 받을 족적이냐가 중요할 뿐입니다.

아름답고 곱게 늙느냐,
추하고 흉하게 늙느냐 하는 선택은
어떤 족적을 남기느냐에 따라 좌우되니까요.

그래도 아직 곁에 남아 있는 삶의 하루를 위해
냉기로 가득 찬 아궁이에 채 가시지 않은 불씨 지피며
일상의 굴렁쇠 힘겹게 굴리다 보면
언젠가는 함께 할 황혼의 그림자는
비에 젖지 않는 노을처럼 낯설지 않다.

삶의 존재 이유는
유아독존唯我獨尊이다

삶의 순간순간이 아름다운 마무리이며
새로운 시작이어야 한다.
아름다운 마무리는 지나간 모든 순간들과
기꺼이 작별하고
아직 오지 않은 순간들에 대해서는 미지 그대로 열어둔 채
지금 이 순간을 받아들이는 일이다.
아름다운 마무리는 낡은 생각, 낡은 습관을
미련 없이 떨쳐버리고
새로운 존재로 거듭나는 것이다.
그러므로 아름다운 마무리는 끝이 아니라
새로운 시작이다.

_법정스님

• • •

자신이 선택한 삶을 함부로 밀어내지 마세요.
왜냐고요?
밀어내는 순간, 타인의 삶을 살아주게 되니까요.
자신이 선택한 삶을 제멋대로 가공하려 들지 마세요.

왜냐고요?
자칫 나쁜 성분으로 변질되기 쉬우니까요.
자신이 선택한 삶을 괜히 저울질하지 마세요.
왜냐고요?
남이 저울질하는 것보다 더한 굴욕이니까요.

호락호락한 삶은 이 세상에 존재하지 않습니다.
섣부른 기대로 살아가는 삶은 교만이며 자만이니까요.
흐지부지한 삶은 시작부터 실패한 삶입니다.
이건 아니다 하면서도 수정을 하지 않는 삶은
나태이며 방임이니까요.

건성건성 대충대충 살아가는 삶은 있으나 마나 한 삶입니다.
이것도 저것도 아닌 불확실한 삶은
우유부단이며 아집이니까요.

선택한 삶이 무소유에 억울해 해도
애써 반발하지 마세요.
그 무소유가 우리네 삶의 필요선必要善이니까요.
삶이 가진 자의 폭력에 주눅 든다 해도
상실감에 젖지 마세요.
그 상실감이 우리네 삶의 변호인이니까요.

편지는 과거, 현재, 미래를 오가는 시간여행이다

시보다 더 곱게 써야 하는 편지
시곗바늘이 자정을 넘어서면서
네 살에 파고드는 글, 정말 한 사람만 위한 글
귀뚜라미처럼 혼자 울다 펜을 놓는 글
받는 사람도 그렇게 혼자 읽다 날이 새는 글
그것 때문에 시는 덩달아 쓰인다.

_이생진

• • •

가을엔 손편지를 한번 써보세요.
첫 줄은 이렇게 시작하면서 말이죠.
- 그리운 사람에게.
마지막 한 줄은 이렇게 적어보세요.
- 다시 만날 때까지 늘 건강하세요.
그리고 붉디붉은 단풍잎 하나 넣어 보내보세요.
그 누구와 시간여행을 떠나는 기분이 들 테니까요.

가을 편지는 첫사랑입니다.

첫사랑은 감상의 계절 가을을 떠올리게 하니까요.
가을 편지는 문학 소년의 습작習作입니다.
쓰고 또 쓰고 또 쓰니까요.
가을 편지는 타임머신입니다.
과거와 현재 그리고 미래를 아우르는 시간이니까요.

지금 편지를 쓰는 이유는
아직 다 채우지 못한 사랑의 빈 여백 채우고 싶은
어설픈 나 자신의 설익은 고집이
고백으로 불리고 싶은 욕심 때문인지도 모릅니다.
여기 함께 보내는 붉은 단풍잎 하나는
가을을 찬미하는 의미가 아니라
시간 속 추억 여행을 꿈꾸는 나의 소중한 바람입니다.

운명은 매달리거나
피하고 싶은 대상이 아니다

76일

당신은 당신이 지닌 운명의 의미를
당신이 그것을 받아들일 때
비로소 그 의미가 파악될 것이다.
운명을 받아들임으로써 운명과 하나가 되고
그래야만 운명이 당신을 지배하지 않고
바로 당신이 운명을 지배하게 된다.

_인도 격언

• • •

운명을 탓하거나 원망하지 마세요.
전생의 업業이 곧 현세의 운명이니까요.
운명을 군이 거부하지 마세요.
거부한다고 달아나거나 돌아앉지 않으니까요.
운명을 일부러 애써 부정하지 마세요.
그냥 그대로 받아들이세요.
운명은 그냥 운명일 뿐이니까요.

과연 인간의 운명은 타고나는 것일까요?

주어지는 것으로 돌릴 수는 없을까요?
주어지는 것이라면 선택의 여지가 있을 법도 하니까요.
과한 욕심이라고요?

지금이라도 각자의 운명은 처음부터 타고나는 것이 아니라
주어지는 것이라 생각하고
자신에게 어울리는 히든카드를 던져보는 게 어떨까요?

사람은 태어나는 순간부터
반드시 그렇게 되는 필연과
뜻하지 않은 우연으로 운명의 바탕을 짠다.
때로는 예상치 못한 일에도 필연의 힘이 작용하며
때로는 반드시 닥치게 되는 숙명 같은 일에도
우연은 간섭하기 때문이다.

가을은 그 누구를 그리워하는
핏빛 사무침이다

가을바람에 나뭇잎은 흔들리고
촉촉이 밤은 야기夜氣에 젖고 있다.
바람은 나뭇잎에 떠들썩대고
전나무는 가만히 속삭이며 말한다.

_ 하인리히 하이네

• • •

가을을 타는 체질이라고요?
그냥 가을을 즐길 줄 아는 좋은 취향이라 생각하세요.
가을에 고독을 더 느낀다고요?
그냥 불청객이 아니면 그대로 받아들이세요.
가을에 그리움이 더 사무친다고요?
그냥 가을 계절병이 주는 후유증이라 여기세요.

가을 고독은 병이 아닙니다.
시간이 지나면 자연스레 달아나버리니까요.
가을 고독은 혼자만 느끼는 감상感傷이 결코 아닙니다.
누구나 다 느끼는 마음의 슬픔이며 아픔이니까요.

가을 고독은 불청객이 아닙니다.
초대하지 않아도 매년 찾아오는 손님이니까요.

가을 고독은 어머니입니다.
허전한 가슴에 젖을 물리니까요.

가을 고독은 붉은 단풍잎 하나 책갈피로 넣어
내년 이맘때 한번쯤 꺼내 보고 싶은
첫사랑 소녀의 미소 띤 얼굴이다.
가을 고독은 그저 그렇게 아무 의미 없이 찾아오는
계절병은 더욱 아니다.
가을 고독은 불청객은 더더욱 아니다.

가을이 되어 바람이 불지 않아도
잎은 저절로 떨어지고 사람 없는 빈산에
꽃은 붉게 피어 있다.

✿

고문진보

가을 단상은 고독의 무게를
가늠하는 저울이다

· · ·

가을 단상은 한 잔의 커피향입니다.
왜냐고요?
많은 추억 여행을 하게 하니까요.
가을 단상은 한 모금의 담배 연기입니다.
왜냐고요?
많은 생각을 하게 하니까요.
가을 단상은 황혼을 준비하는 일상의 버거운 삶입니다.
왜냐고요?
삶과 죽음의 경계에서 방황하게 되니까요.

가을은 느림의 미학을 생각하게 하는 여유의 계절입니다.
오늘 하루는 네 발 달린 괴물(?)을 버리고
부모님이 주신 두 발로 공원길을 산책해 보세요.
느긋한 마음으로 주위를 둘러보면서 말이죠.
잠시 잊고 있었던 소중한 것들을 되찾을 테니까요.

문득 바보 같은 생각을 해봅니다.

세상은 하루가 다르게 빠르게 돌아가도
마음만은 조금 느렸으면 좋겠습니다.

가을 추억은 첫사랑 책갈피 속에서 묻어난다. 가을 소풍은 동심으로 돌아가고 싶은 아우성이
다. 가을 시詩는 노을빛 닮은 소녀의 감상어린 마음이다. 가을 만남은 우연을 빙자憑藉한 필연
이다. 가을 여행은 동행이 아닌 홀로서기가 아름답다.

가을 바람을 타고 불타는 듯한 색채가
매년 언덕을 정복하기 시작한다
가을은 미술가다

이카쿠 다카유키

가을 낙엽은
공허한 잿빛 독백이다

조금 차분해진 마음으로 오던 길을 되돌아볼 때
산다는 게 뭘까 하고 문득 혼자서 중얼거릴 때
나는 새삼스레 착해지려고 한다.
가랑잎 구르는 소리에 귀뚜라미 우는 소리 하나에도
마음을 여는 연약한 존재임을 새삼스레 알아차린다.
가을은 그런 계절인 모양이다.

_법정스님

• • •

가을 낙엽은 초라한 걸인乞人이 아닙니다.
왜냐고요?
가을의 운치를 대표하는 자연의 사절使節이니까요.
가을 낙엽은 무례한 방문객이 아닙니다.
왜냐고요?
매년 찾아오는 소중한 손님이니까요.
가을 낙엽은 낯선 이방인이 아닙니다.
왜냐고요?
자타가 인정하는 신토불이 태생이니까요.

이번 가을엔 온갖 욕심에서 자유로워지면 어떨까요?
이런 말이 있더군요.

소유란 개념의 참뜻은
버려야 할 것은 기꺼이 버릴 줄 알고
내려놓을 것은 아무 미련 없이 내려놓을 줄 알고
비울 것은 스스럼없이 비울 줄 알 때
비로소 그 의미와 가치를 따질 수 있다고 말이죠.

가을은 그럭저럭 깊어만 가고
단풍은 자기찬미 몸짓으로 낙하의 본분 다하는데
고단한 삶의 굴렁쇠 굴리며 살아 있는 나는
아직도 할 일이 많이 남았는데 벌써 탈진해 버린 듯
모든 게 귀찮은 건 무슨 까닭일까?

가을 서정은 회한을 반추하는
삶의 뒤안길이다

80일

이 가을에
나는 모든 이웃들을 사랑해주고 싶다.
단 한 사람이라도 서운하게 해서는 안 될 것 같다.
가을은 정말 이상한 계절이다.

_법정스님

• • •

가을 서정은 서정시抒情詩의 경연장입니다.
가을 서정은 빨간 고추잠자리 놀이터입니다.
가을 서정은 허수아비와 참새의 토론장입니다.
가을 서정은 첫사랑 소녀의 수줍음입니다.
가을 서정은 새 색시 색동저고리 전시장입니다.
가을 서정은 풍요로움의 감사함입니다.
가을 서정은 그리움과 고독의 판토마임입니다.
가을 서정은 양식良識의 도서관입니다.
가을 서정은 깨달음에 정진하는 불심입니다.
가을 서정은 지친 영혼들의 쉼터입니다.

가을엔 미처 하지 못한 사랑을 하십시오.
감정이 풍부해지는 계절이니까요.
가을엔 홀로서기 여행을 떠나세요.
볼거리 먹을거리가 풍성한 계절이니까요.

가을엔 한 편의 서정시를 읽으세요.
아픈 상처를 치유해 주는 계절이니까요.

언젠간 마지막 페이지로 남을 나의 삶,
가을 들녘 지키는 허수아비처럼
외로이 참새를 쫓는 남루한 빛깔이다.
나 몰래 슬그머니 돌아앉은 가을 서정은
초라한 내 영혼 뒷모습 훔쳐보는 애절한 눈빛이다.
가을 서정은 가을을 추억하는 한 소절 시어詩語다.

하루를 포기하는
사람은 영혼이 없는
Day 81-90 사람이다

영혼

실타래처럼 엉켜 있는 수많은
삶의 가닥들
하나둘 풀어질 때
지친 영혼의 감정과 기억들은
욕망과 탐욕에 맞서 싸운다

거미줄처럼 어러더어런
삶의 씨와 날
하나둘 끊어질 때
고단한 영혼의 정기와 능력은
출구도 없는 미로를 헤맨다

육신 안에 살아 숨 쉬는
영혼의 불꽃
질곡의 삶에 빠져 활활 타오를 수 없는 까닭에
인생은 여러 문제에 방황하고 갈등한다

금전적인 능력만으로 인생을 논하며
항상 궁극적인 해답에 반기를 든 채
산다는 것 그 자체에
소중한 의미를 부여할 줄 모를 때
우리네 팍팍한 인생사는
한낱 미물에 지나지 않는
정지된 사고_{思考}에 빠져든다

침묵은 현명한 사람의
미덕이며 배려이다

사람과 사람 사이의 소통에서
비극은 말에 대한 오해로
시작되는 것이 아니라
침묵을 이해 못할 때 시작된다.

_헨리 데이비드 소로

• • •

이 세상에서 제일 깊이 울리는 소리가 무엇인지 아십니까?
그 소리는 침묵의 소리입니다.
침묵의 소리는 온갖 이간질과 반목을 물리치고,
온갖 차별과 차등을 쓸어버리고,
온갖 어긋남과 비틀림을 바로잡고,
온갖 식언과 실언을 돌아앉게 하고,
온갖 탐함과 욕됨을 깨끗이 하는 침묵의 소리입니다.

하루에 한 번이라도 나름의 침묵을 가까이 해보세요.
평소에는 볼 수 없었던 자신의 내면을 볼 수 있을 테니까요.
침묵은 돈으로 사고 싶다고 해서 살 수 있는 물건이 아닙니다.

침묵은 잠재의식의 의미와 가치를 드높이고 북돋우는
영혼의 깨달음입니다.
침묵을 벗 삼을 줄 아는 사람은 자신의 내면세계를
사랑하는 사람입니다.

침묵은 말 없음이 아닌 관망과 관조의 자세이니까요.

주어진 운명에 시달리며 배우는
남의 이야기에 유린당한 마지막 자존심의 안간힘처럼
익숙해지지 않은 공포에 떠는 침묵은
깨지는 유리처럼 회복할 수 없는 환상이다.

수행은 소요 없는
고요함을 지키는 깨달음이다

82일
_____

마음의 수행이란
긍정적인 생각들을 키우고
부정적인 생각들을 물리치는 일이다.
이 과정을 통해
진정한 내면의 변화와 행복이 찾아온다.

_달라이 라마

• • •

미륵산 정상 큰 바위 하나 사바세계 속세 내려다보며
오늘도 무거운 침묵으로 묵언 수행 중입니다.
입으로 지은 업業을 맑게 하는 '정구업진언淨口業眞言' 독송하며
모든 중생들 내일도 오늘처럼 복 짓는 삶이 되도록
두 손 모아 합장합니다.

우직한 바위처럼 삶을 살아가세요.
거칠고 사나운 풍우風雨에도 담담함으로 이겨내는 그 고집이
대견하지 않습니까?
바위는 우리에게 말하려 합니다.

속된 시류時流에 한 마음 먼저 편승하지 말고,
방만한 오늘에 한 발 먼저 갇혀 살지 말고,
무소유에 한 생각 먼저 빚지는 인생 살지 말고,
오욕락五慾樂 탐하는 인생 살지 말라고!

서로 등을 맞대고 막아야 하는 세파의 모진 바람
힘에 부치다 못해 버거운 이유는
떨쳐버릴 수 없는 운명처럼
냉정의 칼날로 다가서는 현실 앞에
자꾸만 작아지는 우리들이 안쓰러운 탓이다.

그리움은 눈앞에 없는 누구를
사랑하는 관심이다

83일

눈에 보이지 않음이 사랑을 더욱 정겹게 하며
더욱더 가까이 알고 싶어 한다.
주로 관심과 애정을 불러일으키는
두 가지 요인은 어떤 물건이 너 자신의 소유물이라는 점과
그것이 너의 유일한 소유물이라는 점이다.

_아리스토텔레스

• • •

오늘은 잠시 떨어져 있는 소중한 그 누군가에게
사랑의 편지를 보내보세요.
답신은 기대하지 않아야 합니다.
보내는 것만으로도 큰 그리움이니까요.
영원을 기약하는 추억의 한 페이지이니까요.

한 마디의 말과 한 소절의 글로
자신의 생각과 마음을 표현해 보세요.
자신이 모르고 있는 나我에 대한 깨달음을 얻고
무지와 어리석음으로부터 자유를 느끼게 될 테니까요.

매일매일 스스로 자신에게 물어보세요.
- 오늘 표현하지 못한 말이 무엇이 있지?
- 내일은 하고 싶은 말을 할 수 있을까?
우리는 머릿속에 있는 생각을 있는 그대로
솔직하게 표현할 줄 알아야 합니다.
그 어떤 하나의 진실을 모르쇠로 일관한다고 해서,
그 어떤 하나의 거짓을 꿀 먹은 벙어리 흉내를 낸다고 해서
진실이 거짓이 되고, 거짓이 진실로 둔갑하지는 않으니까요.

우리의 마음과 생각 그리고 글과 말은
가공되기 전의 보석과 같습니다.
어떻게 가공하느냐에 따라
때론 세상을 밝게 비추는 찬란한 빛이 될 수 있고,
때론 세상을 어둡게 하는
암울한 그림자가 될 수 있으니까요.

잠시 떨어져 있다 해서 마냥 서운해 하지 마세요.
그 누구도 서운해 하고 있으니까요.
그냥 마음속 깊숙이 그리움을 키우세요.
그리움이 쌓이다 보면 그 누구를 사랑하는 마음이
더없이 소중해질 테니까요.

하루를 포기하는 사람은
영혼이 없는 사람이다

84일

영혼이 택할 수 있는 가장 불안한 길은 안정입니다.
안정된 상태에 머물러 있는 사람들은
차츰 무감각하게 죽어갑니다.
마침내 죽어야 할 시간이 왔을 때
사람들은 깜짝 놀랍니다.
그들은 스스로에게 너무나도 짧은 삶을 허락해 온 것입니다.

_스티븐 레빈

• • •

오늘은 어떤 영혼으로 하루를 시작하셨나요?
어제 그 영혼 그대로 오늘을 시작하셨다고요?
그럼 내일도 그러시겠군요?

그러지 마세요!
어제와 오늘 그리고 내일이 똑같다면
이상理想이 없는 삶을 살아가는 거나 마찬가지니까요.
늘 새로운 영혼으로 자신을 격려해 보세요.
하루하루를 실패하지 않는 삶을 살아갈 테니까요.

감정과 느낌의 차이를 알고 있나요?
감정은 정신적 반응이며 느낌은 육체적 반응이라고요?
느낌이 없이는 감정도 없다고요?
그렇습니다.
느낌을 어떻게 받아들이느냐에 따라
감정의 폭이 달라질 수 있으니까요.

선불리 감정에 너무 치우치지 마세요.
좋은 느낌이 나쁘게 왜곡될 수 있으니까요.

그날 나는 당신에게 이렇게 화답했습니다.
향기 잃지 않은 영혼의 조건자라
신비에 가려진 베일 벗어던지듯
다시는 외롭지 않으려는 안간힘으로
서로를 이겨낸 숨결 하나 됨은 당신과 나,
두 사람만이 이해하고 구원할 수 있는 사랑의 불꽃,
그 찬란함의 씨와 날일 뿐이라고.

부탁은 거래의 대상이 아닌
교감의 대상이다

부탁을 받고서 주는 것은 잘하는 것이지만
부탁받지 않아도
이해를 통하여 주는 것은 더 잘하는 것이다.

_칼릴 지브란

● ● ●

함부로 부탁하지 마세요.
왜냐고요?
부탁은 자신의 의지를 밀어내는 것이니까요.
함부로 부탁을 고집하지 마세요.
왜냐고요?
자칫 강요가 될 수 있으니까요.
함부로 부탁을 남발하지 마세요.
왜냐고요?
버릇이 되면 고치기 힘들어지니까요.
함부로 부탁을 외면하지 마세요.
왜냐고요?
성의를 왜곡하는 오해가 될 수 있으니까요.

부탁을 한 적이 있나요?
신빙성信憑性이 있는 부탁인지 자신에게 먼저 물어보세요.
부탁을 받아본 적이 있나요?
진정성이 있는 부탁인지 먼저 확인하세요.
부탁을 거절한 적이 있나요?

마음이 편안하면 잘한 일입니다.
마음이 불편하면 잘못한 일입니다.

가로등 불빛 쏟아지는 집 앞에서 안녕을 고告할 때
멋쩍은 악수보다는 따사한 포옹을 행사하세요.
왜냐고요?
오늘은 당신의 체취를 내 것으로 삼고 싶으니까요.

진정한 만남은 상호간의 눈뜸이다.
영혼의 진동이 없으면
그건 만남이 아니라 한때의 마주침이다.
그런 만남을 위해서는
자기 자신을 끝없이 가꾸고 다스려야 한다.
좋은 친구를 만나려면
먼저 나 자신이 좋은 친구값이 되어야 한다.
왜냐하면 친구란 내 부름에 대한 응답이기 때문이다.

법정스님

진정한 만남은 서로 간의
감정이입이다

...

만남은 신호등이 있는 횡단보도입니다.
신호등이 지시하는 대로 건너야 할 때는 건너야 하고,
건너지 말아야 할 때는 건너지 않아야 하니까요.
우리의 만남도 마찬가지입니다.
마음의 신호등이 지시하는 대로
굳이 만나고 싶지 않은 사람은 만나지 말아야 하고
반드시 만나야 할 사람은 만나야 하니까요.

만남을 거절해 본 적이 있나요?
있다면, 그대는 현명한 사람입니다.
거절할 만한 나름의 이유가 있었을 테니까요.
만남을 부탁해 본 적이 있나요?
있다면, 그대는 자신을 믿는 사람입니다.
부탁할 만한 나름의 믿음이 있었을 테니까요.

긴 시간 동안 홀로서기에 지친 나의 육신을 새롭게 깨우치는 만남의 의미는 암울했던 어제의 나를 버리고 현실에 방황하는 오늘의 나를 불러 애증愛憎에 자유로운 내일의 나를 찾는 것.

마음에 대해 논할 때, 자기 기만에 대해서는 할 말이 많다

다이앤 프롤로브

시간 낭비는 곧
삶의 낭비이다

시간은 우리 각자가 가진 고유의 재산이요,
유일한 재산이다.
그것을 어떻게 사용할 것인지 결정할 수 있는 것은
오로지 우리 자신뿐이다.
결코 그 재산을
남이 우리 대신 사용하지 않도록 조심해야 한다.

_칼 샌드버그

* * *

선택한 삶의 방향을 이끌어주는 시간표를 가지고 있나요?
없으면, 지금 당장 삶의 시간표를 만드세요.
10년 시간표는 첫 해에, 1년 시간표는 1월에,
한 달 시간표는 1일에, 하루 시간표는 아침에 만드세요.
시간표 없는 삶은
나침반 없이 무작정 먼 길을 가는 것이나 다름없으니까요.

10년을 계획하고 있는 사람은 매년 달라져야 합니다.
1년을 계획하고 있는 사람은 매달 달라져야 합니다.

한 달을 계획하고 있는 사람은 하루하루 달라져야 합니다.
하루를 계획하고 있는 사람은 아침에 달라져야 합니다.
그래야만 자신이 어디쯤에 와 있는지를 알게 될 테니까요.

아무런 계획 없이 맞이하는 삶의 여정은
눈먼 항해사에게 삶의 조타기를 맡기는 셈입니다.

우리의 삶을 구성하는 온갖 원인과 결과는
짜인 시간표대로 생성하고 소멸하기 마련이다.
우리의 존재의 의미와 가치 또한 그 이상 이하도 아니다.
선택한 시간표대로 살아가는 지혜가 곧 미덕이다.

자신과의 약속은
태산처럼 크고 무겁다

88일

자신의 약속을 더 철저하게 지킬수록
우리는 더 강해진다.
다른 사람에게 영향을 미치고 싶다면
우리가 먼저 우리 자신을 믿어야 한다.
그리고 자신을 믿기 위해서는
자기가 한 말을 믿고 또 말한 대로 행동해야 한다.

_앤드류 매튜스

• • •

아침에는 자신에게 약속을 하세요.
오늘 하루도 잘할 수 있을 거라고 말이죠.
아침에는 자신에게 믿음을 주세요.
오늘 하루도 남을 믿게 해 달라고 말이죠.
아침에는 자신에게 희망을 주세요.
오늘 하루도 모든 이들에게
희망의 메신저가 되게 해 달라고 말이죠.

오늘 당장 자신에게 할 수 있는 약속의 리스트를 만드세요.

일상의 즐거움이 무엇인지를 알게 될 테니까요.
오늘 당장 자신에게 믿음이 가는 한마디를 해보세요.
숙면을 취할 수 있는 기쁨을 누릴 수 있을 테니까요.

오늘 당장 자신에게 희망을 주는 한마디를 해보세요.
이 세상의 모든 사람들이 자신을 위함을 알 테니까요.

아침이 오기 전에 혼돈에 목숨 건 미몽에서 홀연히 깨어나
대문 앞 온갖 쓰레기 한데 모아 태우며
사념邪念을 지우는 향기 나는 세수를 하고 싶다.

존재의 이유는
시시비비의 대상이 아니다

89일

우주에 시작이 존재하는 한
우리는 창조주가 있다고 가정할 수 있다.
그러나 우주가 모든 것을 품고 있으며
우주에 경계선도 가장자리도 없다면
시작도 끝도 없을 것이다.
우주가 그냥 존재하는 것이다.
그렇다면 여기서 창조주의 자리는 어디일까?

_스티븐 호킹

• • •

혹여 존재의 이유를 부정하고 있지는 않는지요?
존재의 이유는 무조건 긍정이어야 합니다.
부정의 눈으로 보는 존재의 이유는 설 땅이 없으니까요.
혹여 존재의 이유를 의심한 적이 있는지요?
존재의 이유는 무조건 믿음이어야 합니다.
의심의 눈으로 보는 존재의 이유는 자칫 불신을 부르니까요.

존재의 이유에 시시비비是是非非를 걸지 마세요.

시시비비 자체가 실속이 없는 모순이니까요.
존재의 이유를 가타부타 하지 마세요.
가타부타 자체가 억지 어불성설語不成說이니까요.

존재의 이유는 당연히 존재해야 할 것이
그냥 존재할 뿐이니까요.

하나의 부정은 언제나 하나의 부정일뿐이며
하나의 긍정이 하나의 부정으로 홀대 당하는 고통이
하찮은 만용의 채찍질에 이리저리 휘둘린다 해도
포용의 지혜를 아는 긍정은
존재의 이유를 부정하지 않는다.

추억은 신이 인간에게 준
가장 값진 기억이다

90일
_____

사랑했던 시절의 따스한 추억과
뜨거운 그리움은
신비한 사랑의 힘에 의해
언제까지나 사라지지 않고
남아있게 한다.

_발타사르 그라시안

•••

사랑을 기억하고 있는 추억은 색 바랜 책갈피입니다.
꺼내볼 수 있을 때 볼 수 있으니까요.
사랑을 회상하는 추억은 윤기 잃은 꽃병입니다.
꽂을 수 있는 추억의 꽃이 있으니까요.
사랑을 되새김하는 추억은 스쳐 지나간 향기입니다.
다시는 음미할 수 없는 과거의 기억이니까요.

누군가 이런 말을 하더군요.
사랑은 추억을 먹고 사는 생물이라고 말이죠.
그럼 색 바랜 추억을 그리워하는 사랑은

과연 유죄일까요, 무죄일까요?
그리움이 살아 있는 추억은 무죄이며,
그리움이 죽어 있는 추억은 유죄가 아닐까요?

사랑과 추억이 주는 등식은
무량억겁無量億劫의 세월이 흘러도 흔적이 남게 되는
화석化石입니다.

네가 떠난 그 자리에 나 홀로 못내 서성이면
혼자됨이 외로움이라 발끝에 걸리는 낙엽 밟으며
추억이라는 색 바랜 책장을 넘긴다.
지금은 비할 바 없는 소중함이라
차마 버릴 수 없는 안타까움으로 남지만
그때 그 카페 구석진 자리
새삼 너의 그림자 무딘 실루엣 되어
물먹은 솜처럼 구겨진 나를 오롯이 일으켜 세운다.

사랑은 고맙고
미안한 감정의
현재 진행형이다

그리움 그리고 사랑

그리움이 사랑이라면
사랑은 그리움의 또 다른 그리움입니다
그리움을 이유로 만난 사랑은
오랜 기다림에 지친 사랑의 방향이 쓴 시(詩)입니다

평생을 두고 만날 인연보다는
내일이라도 우연을 핑계로
필연의 추사위 던질 수 있는 근본이 사랑입니다

소용이 없는 유혹이나 속된 진실보다는
꿈을 나누어 얘기할 수 있는 하얀 여백 위로
발처럼 드리워지는 자연스런 믿음이 사랑입니다

사랑은 그리움을 전제로 해야 합니다
그리움은 사랑을 볼모로
하지 않아야 하기 때문입니다

사랑은 이름 모를 야생화를 발견하듯 신비로워야 합니다
그리움은 참새를 쫓는 허수아비처럼
눈가림이 아니기 때문입니다

사랑이 그리움이라면
그리움은 사랑의 또 다른 사랑입니다

John Maxwell

생각을 바꾸면 믿음이 달라진다.
믿음이 달라지면 기대가 달라진다.
기대가 달라지면 태도가 달라진다.
태도가 달라지면 행동이 달라진다.
행동이 달라지면 실력이 달라진다.
실력이 달라지면 인생이 달라진다.

존 맥스웰

좋은 생각은 좋은 행동을
이루는 모태다

...

무슨 생각으로 오늘을 시작하셨나요?
혹여 내일 해도 될 생각에 사로잡혀 있지는 않나요?
내일 생각은 내일 해도 늦지 않습니다.
오늘을 한 발 앞서가는 생각은 마음고생의 원인이 되니까요.
이왕 맞을 매 일찍 맞는 게 낫다는 식으로
생각을 학대하지 마세요.
학대하는 순간, 생각은 추진력을 잃어버리니까요.

지금 이렇게 할까, 저렇게 할까 망설이고 있나요?
판단의 중심을 스스로 흔들고 있군요.
판단의 중심은 균형과 조화입니다.
균형과 조화에서 멀어지는 판단은
비상구가 없는 미로를 헤매는 것이나 다름없습니다.
판단의 중심을 꼭 잡으세요.

중심이 흔들리는 판단은
좌충우돌 갈피를 못 잡으니까요.

생각이 깊은 사람은 매사에 신중을 기한다. 깊은 물일수록 맑고 조용하다는 사실을 알고 있기
때문이다. 생각의 깊이는 판단의 중심이 흔들리지 않을 때 오는 자기 확신이다.

나만이 내 인생을 바꿀 수 있다
아무도 날 대신해 줄 수 없다

캐롤 버넷

부부관계는 종속이 아닌
인격적 독립이다

가정생활에 있어서
어떤 일을 꾸미려 할 때는
부부 사이의 완전한 화목이나
애정의 일치가 필요하다.
부부 사이가 모호한 때에는 아무런 일도 꾀할 수 없다.
몇 해를 두고 부부가 제각기 혐오할 낡은 껍질 속에
처박혀 있는 가정이 허다하다.
그것은 부부 사이에 완전한 화목이나
애정의 일치가 없기 때문이다.

_톨스토이

• • •

한 달에 한 번이라도 외식을 하십시오.
남편과 아내라는 자격으로 말이죠.
그날은 더없이 소중한 시간일 테니까요.
평생 동안 기억에 남을 두 사람만의 한 페이지 일기장일 테니까요.

누군가가 이런 말을 하더군요.

아내에 대한 남편의 사랑은 삶의 일부이지만
남편에 대한 아내의 사랑은 삶의 전부라고 말입니다.

글쎄요.
백 퍼센트 동의할 수는 없지만
왠지 틀린 말은 아닐지도 모른다는 생각이 드는 건 왜 일까요?
나 자신이 남자이기 때문일까요?

낭군님 기다리며 땀을 뜨는 바늘의 오감五感은
임을 향한 일편단심 한 페이지 일기로 채워진다.
한 땀에 침묵을 배우고,
또 한 땀에 인忍을 일깨우고,
또 한 땀에 기다림을 여민다.
여태껏 식지 않은 아랫목 구들장 온기溫氣가 고맙다.

착한 부부는 진실과
신뢰의 어울림이다

진실하게 맺어진 부부는
젊음의 상실이 불행으로 느껴지지 않는다.
왜냐하면 같이 늙어가는 즐거움이
나이 먹는 괴로움을 잊게 해주기 때문이다.

_ 앙드레 모로아

· · ·

오늘은 소중한 그 누구를 아무런 조건 없이
그냥 아무런 말없이 지그시 안아주세요.
뜀박질을 마구 해대는 심장 박동소리가 크게 들려도
의식하지 마세요.
소중한 그 누구의 상큼한 향기에 취해도 괜찮습니다.
소중한 그 누구의 이름 앞에 부끄럽지 않은 자신을
그 누구에게 확인시키는 무언극일 테니까요.

남편은 아내에게 자랑스럽다는 말을 자주 하세요.
아내는 남편에게 든든하다는 말을 자주 하세요.

자랑스럽다는 한 마디야말로,
든든하다는 한 마디야말로,
이 세상에서 제일 듣기 좋은 아름다운 말이니까요.

그럼 오늘 당장 한번 해보세요.
그 누군가가 어제보다 더 가까이 다가와 있음을
느낄 수 있을 테니까요.

아시나요?
당신의 향기만이 나를 구원해 줄 유일한 것이기에
오늘의 이 방황이 결코 부끄럽지 않습니다.
못내 지친 방황이 그 아무리 길어진다 해도
내가 선택한 길이기에 그냥 이대로가 좋습니다.
당신이란 이름 앞에 설 수 있는 나이기 때문입니다.

Francesco Alberoni

사랑은
지배임에 동시에 복종이기도 하다,
끊임없는 베고이즘이면서 전면적인 헌신이기도 하다,
사랑은 존경이지만
상대를 거부하면서 가만히 머물러 있지도 않다,

❀

프란체스코 알베로니

사랑의 동반은
한 마음 한 방향 한 길이다

...

한 곳만 향해 함께 가세요.
왜냐고요?
다른 데 정신을 팔지 않아야 하니까요.
한 곳만 쳐다보세요.
왜냐고요?
다른 마음을 품지 않아야 하니까요.
오직 한 사람만 곁에 두세요.
왜냐고요?
다른 사람을 가슴에 담지 않아야 하니까요.
진정한 동반은 너와 나,
우리 단둘이서만 가야 하는 사랑의 길입니다.

사랑의 동반은 외로움을 몰라야 합니다.
외로움은 동반의 적이니까요.

사랑의 동반은 그리움입니다.
그리움은 동반의 사랑앓이이니까요.

사랑의 동반은 목마름입니다.
목마름은 동반의 욕구이니까요.

그대가 심산계곡 바위 틈새 피어있는 이름 모를 들꽃이라면, 나는 그 들꽃 향기에 취하고 싶은 이름 없는 들새입니다. 그대가 겨울을 마중하는 가을 낙엽이라면, 나는 그 낙엽을 책갈피로 삼고 싶은 추억입니다. 그대가 미움이 없는 사랑을 그리는 화가라면, 나는 그 사랑을 되새김 질 하는 시인입니다.

낱말 하나가 삶의 모든 무게와 고통에서 우리를 해방시킨다
그 말은 사랑이다

소포클레스

사랑은 고맙고 미안한 감정의
현재진행형이다

사랑하는 관계에서
서로가 원하는 것이 모두 일치하진 않는다.
따라서 남녀가 서로 다르다는 사실을 명백하게 인식하고,
사랑하는 사람을 위해서 최선이라고 생각하는 것을
행동에 옮기는 대신 연인에 대해 배우고,
한편으로는 연인의 독특한 요구에 대해
알고 존중해주는 것이 중요하다.

_존 그레이

•••

그 누구를 사랑하는 당신이라 부를 수 있는 사람은
행복한 사람입니다.
오늘 퇴근길에는 붉디붉은 장미 한 송이와
편지 한 통을 선물하세요.

편지에는 이렇게 써보세요.
- 이 세상에서 당신을 가장 사랑하는 남편(아내)으로부터.
당신이란 두 글자는 이 세상에 둘도 없는 묘약이니까요.

오늘 밤에는 누군가의 가슴을 살포시 덮어줄 수 있는
따사한 이불이 되어보세요.
이렇게 나지막이 속삭이면서 말이죠.
- 오늘도 당신이 내 곁에 있어주어서 정말 고맙고, 정말 미안해.
그리고 정말 사랑해.

고맙다는 한 마디,
미안하다는 한 마디,
사랑한다는 한 마디는
이 세상에서 제일 아름다운 말이니까요.

깊고 맑은 호수를 닮은 당신의 검은 눈동자는
물가에 외로이 핀 이름 모를 꽃만큼이나
이겨낼 수 없는 유혹으로 다가섭니다.
거울 마주하고 화장을 하는 당신의 촉촉한 얼굴은
우수憂愁에 찬 고귀한 영혼만큼이나 떨쳐버릴 수 없는
마력의 기운입니다.

삶은 살아가면서
알게 되는 깨달음이다

자신을 있는 그대로 받아들이고
자주적으로 생각하라
당신이 내린 결론이 완전무결하지 않은 것일 수도 있지만
최소한 강요된 결정보다는
바른 쪽에 보다 가까이 있을 것이다.

_엘버트 허버드

* * *

긍정의 삶을 살고 싶나요?
긍정의 삶은 자신 마음속에 있습니다.
왜냐고요?
남이 가진 긍정의 삶은 자기 것이 아니니까요.
부정의 삶을 살고 싶나요?
부정의 삶을 자신 마음속에 키우지 마세요.
왜냐고요?
남이 가진 부정의 삶은 있으나 마나 한 것이니까요.

우리 인간의 삶은 하나에서 열까지

온통 미스터리 요지경 얼굴입니다.
때론 쉽게 풀릴 것 같으면서도 쉽게 풀리지 않는,
쉽게 풀리지 않을 것 같으면서도 쉽게 풀어지니까요.

그래서 삶은 먹어봐야 맛을 아는 음식처럼
살아봐야 알게 되는 깨달음인지도 모릅니다.

명품 클럽 휘두르는 골프장 부킹보다는
기천 원 김밥 두 줄,
기백 원 생수 한 병 등에 지고 떠나는 산행이
우리네 삶의 가치관입니다.
한 병에 기십 만 원 무색한 양주보다는
서민의 애환이 숨 쉬는 막걸리 한 사발,
파전 한 판이 우리네 삶의 존재 이유입니다.

그리움은 순수한
감정의 고백이다

사랑하는 사람에게는
사랑과 그리움이 생기고
미워하는 사람에게는
증오와 원망이 생기나니
사랑과 미움을 다 놓아버리고
무소의 뿔처럼 가라.

_법정스님

•••

지금 이 시간 그 누구를 그리워하고 있습니까?
그리우면 그리운 대로 그리워하세요.
그리움은 삭이면 삭일수록 덧나는 감정의 불씨이니까요.
덧나는 그리움은 자칫 이겨낼 수 없는 마음이 병이 됩니다.
마음의 병이 깊어지면 그리워도 그리워 할 수 없으니까요.
그리우면 그냥 그리워만 하세요.
더도 말고 덜도 말고 감내할 수 있는 데까지만 그리워하세요.

지금 이 시간 그 누구를 그리워하고 있다고요?

그대는 축복 받은 사람이군요.
왜냐고요?
뜻 모를 그리움이라 할지라도 그리움의 대상이 있다는
이유 하나만으로 그 누구를 그리워할 자격이 있으니까요.
많이 많이 그리워하세요.

그 누구에게 향한 그리움은
순수한 감정의 발로發露이니까요.

오늘도 나라고 주장하고 싶은 존재의 이유 하나는
이리 지치고 저리 망가진 상처투성이 육신 이끌고
나를 구원하려드는 심한 체증에 못내 시달린 채
차마 내려놓을 수 없는 그리움의 거울 마주한다.

사랑의 거리감은 보지 못했던 것이
보일 때 생긴다

기쁨이 무엇인가는
원래 많은 괴로움을 참아 낸 사람만이 알고 있다.
그 밖의 사람들은 진정한 기쁨과는 거리가 먼
단순한 쾌락을 알고 있는 데 불과하다.

_카를 힐티

•••

사랑에도 거리감이 있다고 생각하나요?
늘 주기만 하는 사랑은 거리감은 얼마나 될까요?
늘 받기만 하는 사랑은 거리감은 얼마나 될까요?
늘 상처만 주는 사랑은 거리감은 얼마나 멀까요?
늘 기쁨만 주는 사랑은 거리감은 얼마나 가까울까요?
답은 그대의 몫입니다.
아마도 하나의 진실과 하나의 진심이 서로 통하는 사랑은
거리감이 없지 않을까요?

사랑을 할 때에는 마음의 봉사가 되세요.
바로 앞에 있을 때는 없는 것처럼 보고,

바로 앞에 없을 때는 있는 것처럼 보세요.

만나면 헤어지고 싶지 않고
헤어지면 또 만나고 싶은 감정이 진솔한 사랑이니까요.

그 누구의 반쪽이 되고 싶은 바람이
어리석음의 극치를 보듯 한낱 부질없는 구두선口頭禪처럼
서툰 고백으로 거세당하는 가슴앓이 무언극이라 해도
내일도 오늘처럼 그 누구를 사무치게 그리워하는
일상을 사랑하고 싶다.

이름은 자신을
대변하는 변호인이다

99일

그 이름을 알고 실물을 대했을 때와
이름을 모른 채
실물을 마주했을 때의 감흥에는
커다란 차이가 있다.
마치 별자리의 이름을 알고
밤하늘을 우러를 때하고
전혀 백지 상태에서 별밤을 대했을 때의
그것과 마찬가지다.

_법정스님

• • •

사람의 성姓 뒤에 붙여,
다른 사람과 구별하여 부르는 명칭을 이름이라 합니다.
그런데 왜 우리는 이름 대신
자기, 여보, 당신 하는 호칭을 남발하고 있나요?

오늘이라도 사랑하는 사람의 이름을 다정하게 불러보세요.

예전에는 미처 몰랐던 누군가의 존재가
거부할 수 없는 매력으로 다가올 테니까요.

성과 이름은 부모의 자식임을 만천하滿天下에 증명하는
혈연증서血緣證書입니다.
함부로 훼손하거나 더럽히지 마세요.
부모를 욕되게 하는 행위이니까요.
함부로 남에게 빌려주지 마세요.
자기 자신을 배신하는 행위이니까요.
함부로 나쁜 일에 개입시키지 마세요.
부모와 자신을 죽이는 행위이니까요.

이름은 자신의 근본, 자신의 얼굴, 자신의 마음,
자신의 진실, 자신의 이상, 자신의 희망,
자신의 성공, 자신의 미래를 비추는 거울이다.

닫힌 마음은 미움과
갈등을 부추긴다

마음이 어둡고 산란할 때엔
가다듬을 줄 알아야 하고,
마음이 긴장하고 딱딱할 때엔
놓아 버릴 줄 알아야 한다.
그렇지 못하면
어두운 마음을 고칠지라도
흔들리는 마음이 다시 병들기 쉽다.

_채근담菜根譚

...

사랑하는 마음의 문을 스스로 닫아걸지 마세요.
왜냐고요?
미움과 갈등이 생기고
나는 나로, 너는 너로 따로따로 돌아앉으니까요.
사랑하는 마음의 문을 활짝 열어놓으세요.
왜냐고요?
미움과 갈등은 한순간 사라지고
나는 너로, 너는 나로 다시 하나가 되니까요.

우리는 자신을 먼저 사랑한 후에 그 누구를 사랑해야 합니다.
자신을 사랑하지도 않으면서 그 누구를 사랑한다는 건
이율배반이고 모순이니까요.

그 누구를 저울질하는 사랑은 삼가야 합니다.
저울질하는 그 순간, 그 누구에게 향한 사랑은
이미 사랑이 아니니까요.

인정은 하면서도 확신할 수 없는 모순된 이중성이
하나의 소유가 하나의 배려를 강요하는 경우라면
사랑은 가식으로 얼룩진 진실 그 이상 이하도 아니다.
하나의 사랑을 구원할 수 있는 단 하나의 진실은
소유를 위한 사랑보다 배려를 위한 사랑에 있다.